L'abécédaire
de Moses Mendelssohn

Directeur de recherche émérite au CNRS,
membre de l'Académie franco-allemande, Dominique Bourel
est spécialiste de l'histoire de la culture juive allemande.
Auteur de biographies de Mendelssohn et de Martin Buber
traduites en allemand et plusieurs fois primées, il a dirigé
le Centre de recherche français de Jérusalem (1996-2004).

Dans la même collection

L'abécédaire de Raymond Aron, textes choisis par Dominique Schnapper et Fabrice Gardel, 2019.

L'abécédaire d'Albert Camus, textes choisis par Marylin Maeso, 2020.

L'abécédaire de Claude Lévi-Strauss, textes choisis par Monique Lévi-Strauss et Emmanuelle Loyer, 2021.

L'abécédaire d'Alexis de Tocqueville, textes choisis par Françoise Mélonio et Charlotte Manzini, 2021.

L'abécédaire de Romain Gary, textes choisis par Mireille Sacotte et Marie-Anne Arnaud Toulouse, 2022.

L'abécédaire de François Furet, textes choisis par Deborah Furet, 2022.

L'abécédaire de Michel de Montaigne, textes choisis par Michel Magnien, 2023.

L'abécédaire de Germaine de Staël, textes choisis par Stéphanie Genand, 2023.

L'abécédaire d'Averroès, textes choisis et traduits par Ali Benmakhlouf, 2025.

L'abécédaire de Moses Mendelssohn

Un judaïsme de la raison

Textes choisis par
Dominique Bourel

Éditions de
L'Observatoire

« Les Lumières aujourd'hui »,
une collection dirigée par
Dominique Schnapper et Fabrice Gardel

ISBN : 979-10-329-2747-2
Dépôt légal : novembre, 2025

170 bis, boulevard du Montparnasse, 75014 Paris

Introduction

Par Dominique Bourel

> « Nous ne rêvions à rien d'autre qu'à l'*Aufklärung* et avons cru par la lumière de la raison avoir suffisamment éclairé la région afin que le délire ne se montre plus. Mais nous voyons que pointe déjà, de l'autre côté de l'horizon, la nuit avec tous ses spectres. Le pire est ici que le mal est si actif, si efficace. Le délire *s'active*, la raison se contente de *parler*. »
>
> 1er septembre 1784,
> « À Johann Georg Zimmermann »

Le Siècle des lumières a mauvaise presse, la symbiose judéo-allemande est contestée et la figure de Moses Mendelssohn accusée de tous les maux ; quant aux Juifs, ils sont de nouveau victimes de l'antisémitisme de par le monde ! Les Lumières seraient un exemple d'universalisation forcée et chauvine, la symbiose judéo-allemande une illusion et même un mensonge, et enfin Moses Mendelssohn responsable de l'assimilation et de tous les abandons. Pire encore : comme philosophe, il serait seulement un membre de la « philosophie populaire », presque invisible ou abandonné sur la route qui mène de Leibniz à Kant. C'est pourtant ce dernier qui l'a sauvé de l'oubli en ajoutant dans la seconde édition de la *Critique de la raison pure* deux paragraphes célébrissimes sur le philosophe subtil, pénétrant, *scharfsinnig* ! Il ne lui ménagea d'ailleurs jamais son admiration. On prête parfois à Mendelssohn des propos jamais tenus : « Sois un homme au dehors et un Juif dans ta tente » (d'un poète hébreu du XIXe siècle), et d'autre part on adapte pour lui le slogan destiné à Maïmonide, « De Moïse à Moïse personne ne fut comme Moïse » (*Mi-Moshe ad Moshe lo kam ke-Moshe*), inscrit sur la tombe de « l'aigle de la synagogue » à Tibériade. En réalité, il est au centre des Lumières allemandes : critique littéraire, philosophe, traducteur de la Bible et acteur politique de l'émancipation des Juifs, auteur d'une œuvre en trente volumes touchant plusieurs domaines, en allemand, en hébreu et en judéo-allemand (c'est-à-dire en allemand avec des lettres hébraïques). Il a beaucoup reçu des Lumières, il leur a également beaucoup donné. Il est aussi et surtout à l'origine d'une véritable saga des Juifs allemands et autrichiens qui se terminera en tragédie avant d'ensemencer d'autres contrées. Très vite objet d'un culte puis d'une légende, il ne cesse pas d'interroger les Juifs, les Allemands et tous ceux qui s'intéressent aux phénomènes d'hybridation culturelle en Europe et dans le monde.

Rédiger un choix de textes d'un penseur comme Moses Mendelssohn est un défi. Presque tout est inaugural : l'utilisation d'une langue philosophique allemande qui existe à peine, déliée et surtout non scolastique : « Tout le monde ne peut écrire comme Mendelssohn », disait Kant. L'élégance de sa prose était proverbiale. Son hébreu est également à l'aurore d'un emploi moderne et presque actuel de la langue sainte qu'il maîtrise parfaitement. L'hébreu de la Bible est quasiment sa seconde langue maternelle. Sa culture est celle des savants juifs du temps, textes classiques de la pensée jusqu'à la kabbale. Il excelle dans la double référence, cite le Talmud alors qu'il commente Leibniz et entretient bien entendu une passion pour Spinoza. Sa qualité de philosophe rigoureux l'amène à disposer, paragraphe par paragraphe, chapitre après chapitre, ce qu'il a à dire. De même, il revient souvent dans sa correspondance sur les polémiques célèbres : l'affaire Lavater, le débat sur le panthéisme de Lessing et bien entendu Spinoza. En le méditant, on pouvait montrer qu'il était possible d'être un philosophe hors du christianisme. Dans ses lettres échangées avec Lessing, Nicolai, Zimmermann, Jacobi, Basedow, Kant, Herder, mais aussi Elise Reimarus et Sophie Becker, il s'exprime longuement, de manière aussi directe que spéculative. Sa correspondance compte autour de neuf cents lettres. Ses nombreuses recensions demanderaient une étude précise et dialogique. De plus, les trente volumes de son œuvre, dans l'édition « du jubilé » commencée en 1929, bicentenaire de sa naissance, en trois langues, semblent être une garde prétorienne autour de lui. Elle vient de s'achever.

L'avantage de l'abécédaire est qu'il évite de trop fragmenter une œuvre généreuse, mais pas éclatée (philosophie, belles-lettres, Écriture sainte, émancipation des Juifs). Le même jour, Mendelssohn écrit en plusieurs langues, sur des sujets différents, de la plus haute pensée ontologique aux recensions les plus techniques, des réactions épistolaires directes à la réflexion sur les polémiques qui jalonnèrent sa vie (Lavater, Jacobi, essence du judaïsme, importance de la Bible). On croisera, comme interlocuteurs, des figures centrales de la culture allemande : le dramaturge Gotthold Ephraim Lessing, l'éditeur Friedrich Nicolai, ou encore Elise Reimarus, l'une des premières femmes érudites, le théologien Johann Georg Hamann et l'historien des religions Johann Gottfried Herder, le médecin Marcus Herz, et bien entendu des philosophes, dont Emmanuel Kant. D'ailleurs, il a bien senti que ce dernier clôturait une époque puisqu'il le désigne comme « le grand destructeur ».

Élargit-on le viseur, et c'est toute une partie de l'intelligence de l'Europe, puis des États-Unis et de la Palestine-Israël qui apparaît. Ces figures semblent s'attirer, se répondre, se renvoyer les unes aux autres dans un étrange ballet ainsi qu'un écho tragique : comment évoquer Hannah Arendt sans parler des salons berlinois dont une amie de la famille Mendelssohn, Rahel Varnhagen, fut le sujet d'une thèse longtemps attendue ? Comment lire Hermann Cohen sans Marcus Herz, le premier kantien juif, suivi par Salomon Maimon, puis Walter Benjamin accostant à la fin du voyage vers Franz Rosenzweig et Martin Buber, eux aussi philosophes et traducteurs de la Bible avec les ouvrages de Mendelssohn sur leur table de travail ? Pas une discipline intellectuelle qu'on ne retrouve dans cette tradition. La tradition des Lumières sera illuminée par les études d'auteurs juifs allemands (Victor Klemperer, Peter Gay et quelques autres, solidaires de la longue quête sur la raison), qui nous ont offert des synthèses que nous lisons encore aujourd'hui, comme celle d'Ernst Cassirer, lui aussi exégète inspiré de Mendelssohn, parue en 1932, alors qu'on croyait encore qu'elles avaient gagné la partie. L'essai de Max Horkheimer et Theodor Adorno intitulé *Dialektik der Aufklärung* (traduit sous le titre *La Dialectique de la raison*) vit le jour alors que son échec était patent (publié en 1947). Le judaïsme allemand fut une matrice féconde quasi unique qui prit sa source avec « Mosès, fils de Mendel » au XVIIIe siècle à Berlin en Prusse. Il est le roi des « pas de côté », interprète Leibniz avec Spinoza, glissant çà et là des passages de la tradition hébraïque qu'il maîtrise et qu'il présente à l'Europe, Talmud compris. Il rédige en hébreu un traité juridique après avoir participé à la première revue hébraïque de l'Europe occidentale, le *Koheleth Moussar*, met en chantier une gigantesque entreprise de traduction et commentaire des cinq livres de la Torah, pour partie en allemand, mais en lettres hébraïques, pour partie en hébreu. Après tout quoi de mieux pour aider à l'intégration que de parler la même langue que les autres ? Et où trouver un ouvrage qu'on lit tous les jours en dehors de la Bible ? Son testament se trouve dans son article célèbre, « Que signifie éclairer ? » alors que celui de Kant, composé quelques semaines après, s'intitule « Qu'est-ce que l'*Aufkärung* ? » La question n'était pas tant de décrire, mais de mettre en pratique cette exigence. Ce sera un projet qui attend encore aujourd'hui sa réalisation complète.

Né en 1729 - comme Lessing, qui l'immortalise dans *Nathan le sage* -, mort en 1786 - comme Frédéric le Grand, qui n'aimait pas beaucoup les Juifs -, Moses Mendelssohn illustre (déjà) un parcours d'excellence, de l'Anhalt (d'où viennent aussi Hermann Cohen, Kurt Weill et le *Bauhaus*) à Berlin, où il arrive en 1743. Frédéric II, « roi philosophe », est sur le trône depuis 1740. La ville est déjà multiculturelle puisque, outre des luthériens, des catholiques et des réformés de culture allemande, les huguenots tiennent une place importante dans l'économie et surtout dans le débat intellectuel, notamment à l'Académie royale des sciences de Berlin. Grâce au dramaturge Gotthold Ephraim Lessing et à l'éditeur Friedrich Nicolai, Mendelssohn commence à s'intégrer dans la vie des idées, publiant des *Dialogues philosophiques* (1755), les *Lettres sur les sentiments* puis la traduction un an plus tard du *Discours sur l'origine et les fondements de l'inégalité parmi les hommes*, de Jean-Jacques Rousseau ; une *Missive au Magister Lessing* développe ses critiques. Il entame une carrière de critique littéraire, assez redouté, dans les *Lettres de la littérature la plus récente* (1756-1765), la *Bibliothèque des belles-lettres et des arts libres* (1756-1759), puis la célèbre *Bibliothèque générale allemande* (1765-1784) dans lesquelles il se fait remarquer par ses connaissances, son acribie et sa défense systématique de la langue allemande. Il fait aussi une part à la culture juive, aux talmuds et à la poésie. Ce sont des centaines de pages qui examinent les principaux ouvrages allemands et européens du XVIIIe siècle. Il publie aussi dans une revue hébraïque, une des premières du genre, *Kohelet Moussar*, dès 1755 (pour d'autres, cette revue éphémère commença à paraître en 1758). Il y présente des aperçus de la pensée juive et plaide déjà pour l'étude de la philosophie en hébreu. La revue servira de modèle à la deuxième revue de culture hébraïque, *Ha-Me'assef* (le collecteur), qui voit le jour en 1785, un an avant la mort de Mendelssohn.

Toute sa vie, il continuera à écrire en hébreu, attestant une double culture sans doute assez rare à l'époque en Europe. Nicolai se souvenait l'avoir entendu évoquer « ses idées remarquables sur la kabbale des Hébreux » : « Il expliqua de manière très éclairante l'aspect étranger des principes de ces philosophes orientaux et leur obscurité, venant de la pauvreté de la langue hébraïque pour exprimer des concepts philosophiques, liés aux images habituelles en Orient qui sont tellement propres aux langues non cultivées. [...] Et mon ami montra très clairement comment Spinoza liait en tant que Juif ayant hérité depuis sa jeunesse la philosophie de la kabbale avec Descartes et devait arriver, très naturellement à se représenter Dieu comme seule et universelle substance dont le monde n'était qu'une modification[1]. »

Dès 1754, il entre comme employé dans la soierie de la famille Bernhard après avoir été le précepteur de ses enfants. Sa carrière se poursuivra dans cette entreprise (comptable, inspecteur, puis copropriétaire). Son *Commentaire aux termes logiques* (1761) se présente comme une lecture d'un texte traditionnellement attribué à Maïmonide et rédigé en arabe, rapidement traduit en hébreu. Dans cet ouvrage (réédité et augmenté en 1765 puis en 1784), édité par Samson Kalir venu de Jérusalem à Berlin et à la Viadrina pour étudier la médecine, il offre des translittérations des concepts de la logique médiévale. Mendelssohn épouse en 1762 Fromet Guggenheim, de Hambourg, dont il favorisera l'éducation intellectuelle, puis remporte en 1763 sa première reconnaissance académique, le premier prix de philosophie de l'académie de Berlin, par son ouvrage *Dissertation sur l'évidence en métaphysique*, devant Kant, ravi de son accessit : « Je suis d'autant plus sensible à ce jugement favorable que ce texte le méritait peu en raison du peu de soin mis à sa présentation et à sa correction, car une trop longue hésitation m'a à peine laissé le temps nécessaire d'exposer sans grand ordre quelques-uns des arguments les plus décisifs sur un objet qui a occupé des années ma réflexion, et pour lequel je me flatte

1. Friedrich Nicolai, *Uber meine gelehrte Bildung, über meine Kenntniss der kritischen Philosophie*, Berlin Stettin, 1799.

actuellement d'être prêt de trouver une solution[1]. » Le philosophe de Königsberg lui écrira trois ans plus tard : « C'est à des *génies* comme vous, Monsieur, qu'il appartient d'ouvrir une nouvelle époque dans cette science [la métaphysique], de tout reprendre par la base et de dessiner magistralement le plan de cette *discipline* qui est édifiée encore aujourd'hui au petit bonheur[2]. »

Pour celui qui n'est encore qu'un sujet toléré, le marquis d'Argens, à Berlin depuis 1741, envoie la demande suivante à Frédéric II :

> Un philosophe mauvais catholique supplie
> Un philosophe mauvais protestant de donner le privilège à
> Un philosophe mauvais juif. Il y a trop de philosophie pour que la raison ne soit pas du côté de la demande.

Mendelssohn, qui observera toute sa vie les commandements de la Torah, obtint son privilège le 16 octobre 1763. Il faudra attendre 1787, après la mort de Frédéric II, pour que toute la famille puisse bénéficier de la « protection générale ». Elle vaudra pour sa veuve et ses enfants, dont six atteindront l'âge adulte : Brendel, future Dorothea Schlegel (1764-1839), Recha (Rebeka 1767-1831), Joseph (1770-1848), Jente (Henriette 1774-1831), Abraham (1776-1835) et Nathan

1. « À Jean Samuel Formey », 28 juin 1763.
2. « À Mendelssohn », 8 avril 1766 (*La Correspondance*).

(1782-1852), sans compter le célèbre petit-fils Felix et sa sœur Fanny.

Il se met avec ardeur au travail, commentant avec le théologien philosophe Thomas Abbt un ouvrage très célèbre en son temps, *Die Bestimmung des Menschen*, de Fichte, dont nous trouverons un large écho dans ce volume. Ce petit ouvrage avait été publié avec succès par le théologien Johann Joachim Spalding, *Oberkonsistorialrat* (président du Consistoire) à Berlin. Le produit de cet échange donnera *Phédon* (1767), traduit en dix langues durant le XVIIIe siècle, dont il est un best-seller. Il fallait en effet combattre le matérialisme et l'indifférentisme très en vogue à la cour de Berlin ainsi qu'à Potsdam ; en clair les Lumières françaises. Ce qu'il fit très brillamment en réactualisant le *Phédon* de Platon. Il devint alors le « Socrate berlinois », le « Platon allemand » à qui Hamann s'adresse en écrivant : « À M. Moyse à Berlin », puis « À M. Moyse, fils de Mendelssohn, Sçavant très celebre à Berlin ».

L'un de ses traducteurs français, Georg Adam Junker le présentait comme suit :

> Moses MENDELS-SOHN, juif, est justement regardé comme un des plus célèbres écrivains qui de nos jours font la gloire de l'Allemagne. Ses ouvrages philosophiques écrits en allemand ont eu un si brillant succès, ont été si généralement applaudis, et sont tellement caractérisés par la précision, la lumière et l'élégance, qu'on ne pense pas rendre un médiocre service à la République des Lettres, en donnant une traduction qui puisse les faire connaître de toute l'Europe. Un génie si extraordinaire, né et élevé dans le sein d'une Nation qui

croupit dans une crasse ignorance, doit naturellement exciter la curiosité du public.

Il semblerait que soient prévus plusieurs volumes :

> Les ouvrages du philosophe juif formeront quatre volumes in-8 indépendants les uns des autres. On en donne ici le premier, sous le titre de *Phédon, ou Entretiens sur la spiritualité et l'immortalité de l'âme.* Platon, comme on sait, a traité ce même sujet ; mais le philosophe juif surpasse infiniment le Grec par l'étendue de ses connaissances. Son style est aussi noble, aussi simple, aussi persuasif que celui du disciple de Socrate ; mais il a encore, par-dessus lui, la netteté et la justesse des idées portées l'une et l'autre au plus haut degré.

La *Correspondance littéraire, philosophique et critique* annonce :

> On a traduit depuis peu le *Phédon, ou Entretiens sur la spiritualité et l'immortalité de l'âme*, non de Platon, mais de Mosès Mendelssohn, juif à Berlin. M. Mosès jouit d'une grande réputation en Allemagne. C'est un célèbre métaphysicien, et son *Phédon* a fait quelque sensation à Paris, quoique la philosophie dominante ne soit pas dans ce goût-là. M. Mosès s'est permis de mettre dans la bouche de son Socrate beaucoup d'arguments et de raisonnements tirés de la philosophie moderne en faveur du système de l'immortalité de l'âme. Ce Socrate au lieu d'être le maître de Criton et des autres philosophes d'Athènes, n'est qu'un élève de Leibniz, de Wolf et de Mosès.

Et lorsque le philosophe et médecin juif allemand Marcus Herz, disciple de Kant, arrive à Berlin, il écrit :

> Ma première visite fut pour M. Mendelssohn ; nous nous sommes entretenus durant quatre grandes heures sur plusieurs thèmes de votre dissertation. Nos philosophies sont très différentes ; il suit Baumgarten à la lettre et il a semblé plusieurs fois me donner à comprendre assez clairement qu'il ne pouvait m'approuver parce que mon propos s'écartait des positions de Baumgarten. La Dissertation lui plaît énormément, il regrette juste que vous n'ayez pas développé davantage. [...] La meilleure distraction de cet homme est de développer des questions métaphysiques et j'ai passé avec lui la moitié de mon temps[1].

Dans la seconde édition de la *Critique de la raison pure*, parue en 1787, Kant se fendra d'une réfutation, pas très convaincante il faut bien le dire, où le passage sur les paralogismes de la raison pure offre une discussion de la psychologie rationnelle, et même une « réfutation de la preuve, donnée par Mendelssohn, de la permanence de l'âme », un des très rares passages où Kant mentionne un auteur dans cet ouvrage, même si la cible est ailleurs :

> Ce philosophe pénétrant eut tôt fait de remarquer l'insuffisance de l'argument par lequel on prétend ordinairement prouver que l'âme (une fois admis qu'elle est un être simple) ne peut pas cesser d'être par *dissolution en parties*. Il vit bien que cet argument ne suffit pas à garantir la persistance de l'âme, puisqu'on pourrait encore admettre qu'elle cessât d'exister par *extinction*. Il chercha donc dans son *Phédon* à écarter l'âme de cette manière de finir, qui serait un véritable anéantissement. Pour cela, il se

1. Emmanuel Kant, « À Marcus Herz », 11 septembre 1770.

flatta de prouver qu'un être simple ne peut pas cesser d'exister : comme un tel être ne peut assurément pas être diminué, disait-il, ni par conséquent perdre un peu de quelque chose de son existence de manière à se trouver ainsi progressivement réduit à rien (puisqu'il n'a pas de parties, ni par conséquent de pluralité en lui-même), il ne devrait y avoir aucun temps entre un instant où il est et l'autre instant où il ne serait plus, ce qui est impossible[1].

À la fin de cette même année, Mendelssohn avoue à Raphaël Lévi dans une lettre en judéo-allemand : « Je souhaiterais pouvoir écrire un traité sur l'immortalité de l'âme en hébreu. Le *Phédon* ne se laisse pas traduire ; en hébreu, il cesserait à tout le moins d'avoir un sens, j'en suis convaincu ; c'est pour cela que j'aurais volontiers choisi un autre habillement par lequel je pourrais rendre les choses compréhensibles à nos coreligionnaires. » Et ailleurs, son exclamation : « Qu'avons-nous à faire avec le fils de Sophronisque ? »

Puis c'est la catastrophe : une demande en bonne et due forme issue du théologien chiliaste suisse Johann Kaspar Lavater profitant de la traduction allemande de la *Palingénésie* du philosophe de Genève Charles Bonnet, d'une conversion au christianisme. Il est vrai que les contemporains étaient surpris qu'une telle tête si philosophique, qu'une prose si

1. Emmanuel Kant, *Œuvres philosophiques*, vol. 1, « Des premiers écrits à la *Critique de la raison pure* », Gallimard, « Bibliothèque de la Pléiade », p. 1056-1057.

agréable émane d'un Juif, et même d'un Juif respectant les commandements. La *Dédicace* demandait :

> Je ne saurais mieux vous exprimer l'estime que m'ont inspirée vos excellents écrits, et votre caractère plus excellent encore d'un Israélite sans fraude ; je ne puis, dis-je vous exprimer mieux le plaisir que j'ai goûté, il y a quelques années, dans votre agréable commerce, qu'en vous dédiant les meilleures *Recherches philosophiques sur les preuves du christianisme* que je connaisse.
>
> Je connais, Monsieur, vos vues profondes, votre invariable amour de la vérité, votre impartialité à toute épreuve, votre tendre estime pour la philosophie en général et pour les écrits de M. Bonnet en particulier. J'ai et j'aurai toujours présente à ma mémoire la douce retenue avec laquelle, quoique éloigné du christianisme, vous jugiez cette religion et l'estime philosophique que vous m'aviez montrée dans une des heures les plus heureuses de ma vie pour le caractère moral de son Fondateur. Ces sentiments sont si profonds chez moi et à la fois si pressants, que j'ose vous conjurer, en présence du Dieu de vérité, votre Créateur et votre Père et le mien, de lire cet écrit, non avec une impartialité philosophique, c'est ce que vous ferez sûrement, lors même que je ne vous en prierais pas ; mais j'ose vous supplier de le réfuter publiquement, si vous trouvez que les preuves essentielles, qui établissent les faits du christianisme ne sont pas solides : mais si vous les trouvez concluantes, de faire ce que la prudence, l'amour de la vérité et la droiture vous dicteront, ce que Socrate aurait fait s'il avait lu cet écrit et qu'il l'eût jugé sans réplique. Dieu veuille que vous répandiez encore dans le monde beaucoup

de vérité et de vertu, et qu'il lui plaise de vous accorder tous les biens que mon cœur vous souhaite.

À Zurich, le 25 août 1769.

Voilà qui embarrassa Berlin, l'Allemagne et même une partie de l'Europe ! Et qui mit Mendelssohn dans la plus mauvaise position possible. On en trouvera quelque écho ci-dessous.

Malgré une affection nerveuse, sans doute due à cet épisode, il se remet à l'écriture, commente l'*Ecclésiaste*, commence la traduction des *Psaumes* et celle de la Bible. En 1772, Kant avoue : « Une lettre de Mendelssohn, ou de Lambert, fait davantage d'effet, pour ramener l'auteur à l'examen de sa doctrine, que dix jugements de ce genre écrits d'une plume légère », à propos d'un compte rendu paru dans un journal de Göttingen. Et après l'avoir rencontré en personne, il écrit à Marcus Herz en 1777 :

> Vous venez aujourd'hui de repartir avec celui dont je me flatte qu'il soit aussi mon ami, M. Mendelssohn. La fréquentation constante et familière, à Königsberg, d'un tel homme, au tempérament si doux, à l'humeur si bonne et à l'esprit si clair, serait pour moi la nourriture de l'âme dont je suis contraint d'être totalement privé, au point que c'est en vieillissant ce qui me manque le plus. [...] Je n'ai pas su pourtant user de l'occasion unique que j'avais de profiter d'un homme si rare, un peu par crainte de le gêner dans les affaires qu'il avait peut-être ici. Il me fit avant-hier l'honneur d'assister à deux de mes cours, à la fortune du pot, pourrait-on dire, puisque le couvert n'avait pas été mis en fonction d'un invité aussi considérable.

L'exposé a dû lui paraître cette fois quelque peu tumultueux, car il a fallu en partie répéter sommairement la leçon introductive que les vacances étaient venues interrompre, ce qui a pris la plus grande partie du temps, dissipant en grande partie l'ordre et la clarté du premier exposé. Je vous prie de me conserver encore longtemps l'amitié de cet homme digne de respect[1].

On possède une belle évocation, assez pieuse et plus tardive ; car elle vient d'un auteur né en 1792, qui fait aussi partie de la légende de Mendelssohn, due à August Lewald :

Un Juif, petit, tordu, avec une barbe pointue et une forte bosse, entra - sans se préoccuper beaucoup de ceux qui étaient là, mais pourtant à pas feutrés, craintifs - dans l'amphithéâtre, et resta debout non loin de la porte d'entrée. Comme d'habitude, quolibets et moqueries fusèrent, se transformant pour finir, en claquements, sifflets et trépignements ; mais à l'étonnement général, l'étranger restait à sa place, comme s'il y était solidement attaché, avec un calme de marbre, et il s'était même, pour manifester clairement sa volonté d'attendre le professeur, emparé d'une chaise qui était vide et y avait pris place. On s'approchait de lui, on le questionnait, il faisait des réponses brèves et courtoises ; il avait l'intention de rester là pour faire la connaissance de Kant. Ce n'est que l'apparition de ce dernier qui put finalement calmer le bruit. Son exposé dirigea l'attention générale sur d'autres sujets et l'on fut si transporté, si plongé dans une mer d'idées nouvelles que l'on avait

1. Emmanuel Kant, « À Marcus Herz », 20 août 1777.

depuis longtemps oublié l'apparition du Juif lorsque celui-ci, à la fin du cours, avec une vivacité qui contrastait étrangement avec sa précédente impassibilité, se fraya un passage à travers la foule pour arriver jusqu'à l'estrade. À peine les étudiants l'aperçurent-ils qu'un rire moqueur retentit à nouveau, et qui fit aussitôt place à l'admiration lorsque celui-ci [Kant] échangea quelques mots avec lui, lui serra la main avec cordialité et l'étreignit ensuite. Comme une traînée de poudre, le bruit se répandit dans la foule : « Moses Mendelssohn ! C'est le philosophe juif de Berlin ! » Et respectueusement, les étudiants formèrent une haie d'honneur lorsque les deux philosophes quittèrent bras dessus, bras dessous l'amphithéâtre[1].

Mendelssohn intervint pour défendre des communautés juives (celles de Mecklembourg Schwerin, de Suisse, de Königsberg, puis d'Alsace) et il occupait une place significative dans la sienne à Berlin. Il travailla avec Christian Wilhelm von Dohm, auteur de *Sur l'amélioration civile des Juifs* (1781-1783), afin de limiter l'influence des rabbins dans la vie civile ; la traduction française de cet opuscule (1782) porte la trace de son influence[2]. Il joua désormais un rôle central dans la réflexion sur l'émancipation des Juifs en Allemagne et en Europe, ainsi que l'atteste sa préface au petit livre de Manasse

1. *La Correspondance*, p. 791.

2. Christian Wilhelm von Dohm, *De la réforme politique des Juifs*, Dessau, 1782, (traduction française rééditée chez Stock en 1984). On remarquera le décalage signifiant de la traduction (*Verbesserung* est « amélioration » et non « réforme politique ») du titre.

ben Israël, *Justice pour les Juifs* (1782) où se trouvent des arguments développés dans l'ouvrage magistral *Jérusalem* (1783). Il s'oppose à toute coercition de la conscience et va donc plus loin que Locke en matière de tolérance.

Les fruits de la maturité impressionnent encore aujourd'hui : la traduction du *Pentateuque* en allemand, mais avec des caractères hébraïques (1780-1783) afin d'aider à l'intégration au pays, un commentaire en hébreu, la traduction des *Psaumes* (1783), cette fois-ci en lettres latines, fonde un véritable genre théologico-littéraire, les traductions de la Bible par des Juifs allemands. Il commença cette entreprise vraiment révolutionnaire dès 1774. En raison du caractère très érudit de ces textes, nous n'avons sélectionné dans cet abécédaire que quelques extraits. Le plus célèbre est bien évidemment la traduction du tétragramme par l'*Éternel*, déjà chez Calvin et lu dans la communauté huguenote du Berlin de l'époque. En effet, il fallait un terme pour rendre en même temps la toute-puissance, la bienveillance et l'éternité. Contrairement à ce qu'on a longtemps répété, la traduction et le commentaire exercèrent une importance certaine, même en Europe orientale, ainsi que l'attestent les différentes souscriptions et éditions. Certes un rabbin très orthodoxe, Moses Sofer, avait prévenu : « Ne touchez pas aux livres de Mendelssohn. » Mais déjà son fils a enfreint la règle ! Même si l'on répugne à citer son nom, son influence est notoire, tant en raison de sa traduction qui est sur toutes les tables que de son commentaire. *Jérusalem, ou Pouvoir religieux et judaïsme* (1783) sera un texte central pour l'émancipation des Juifs ainsi que pour la pensée politique du temps et marquant la fondation d'une des modernités du judaïsme. L'idée d'un judaïsme respectant les observances mais sans dogmatique a longtemps fait débat. Kant ne s'y est pas trompé :

> M. Friedländer vous dira combien, en lisant votre *Jérusalem*, j'en ai admiré la pénétration, la subtilité et l'intelligence. Je considère ce livre comme la proclamation d'une grande réforme - certes lente dans son instauration et son progrès - qui ne concernera pas seulement votre nation, mais d'autres aussi. Vous avez su concilier votre religion avec une liberté de conscience telle qu'on ne l'aurait jamais cru possible de sa part, et dont nulle autre ne peut se vanter. Vous avez en même temps exposé la nécessité de conscience illimitée à l'égard de toute religion, d'une manière si approfondie et si claire que de notre côté aussi l'Église devra enfin se demander comment purifier sa religion de tout ce qui peut opprimer la conscience ou peser sur elle ; ce qui ne peut manquer d'unir finalement les hommes en ce qui concerne les points essentiels de la religion[1]. »
>
> La même année, Kant écrit, dans les *Prolégomènes à toute métaphysique future* : « Il n'est certes pas donné à tout le monde d'écrire avec autant de subtilité et cependant aussi autant d'attrait que David Hume, ou avec autant de profondeur et à la fois autant d'élégance que Moïse Mendelssohn[2]. »

1. Emmanuel Kant, « À Mendelssohn », 16 août 1783.
2. Emmanuel Kant, *Œuvres philosophiques*, vol. 2, « Des *Prolégomènes* aux écrits de 1791 », Gallimard, « Bibliothèque de la Pléiade », p. 28.

La fin de vie de Mendelssohn est obscurcie par la querelle du panthéisme, concernant un hypothétique « spinozisme » de Lessing, affirmé avec véhémence par Friedrich Heinrich Jacobi, remettant en cause du même coup l'acquis des Lumières. Une partie de sa correspondance et ses derniers écrits (*Heures matinales* et *Aux amis de Lessing*) portent sur ses sujets qui ont aussi ébranlé les débuts de l'idéalisme allemand. Pas un philosophe, de Kant à Hegel, qui n'ait écrit sur ce thème ! Toutefois, une partie du monde juif est resté allergique à cette définition du judaïsme comme loi révélée entée sur la religion naturelle réconciliée avec la raison destinée aux Juifs.

Membre de la « Société du mercredi », qui rassemble les *Aufklärer*, il publie dans la *Berlinische Monatsschrift* son célèbre article « Que signifie éclairer ? » ; deux mois plus tard, Kant donnera aussi un article séminal sur le sujet, mais dont le titre et la thèse sont différents : « Qu'est-ce que l'*Aufklärung* ? » Kant lui-même sera obligé d'entrer dans la bataille du panthéisme alors que cette polémique donnera à Mendelssohn l'occasion d'un dernier ouvrage, les *Heures matinales. Leçons sur l'existence de Dieu* (1785), saluées par le professeur de Königsberg :

> On peut considérer cet ultime testament d'une métaphysique dogmatisante à la fois comme son produit le plus parfait, tant par la cohérence de l'enchaînement que par l'exceptionnelle clarté de présentation, et comme un témoignage, qui ne se dévaluera

> jamais, de la perspicacité d'un homme qui connaît et maîtrise toute la force d'un mode de connaissance qu'il prend à sa charge, témoignage dans lequel une critique de la raison - qui doute qu'un tel procédé puisse jamais progresser avec succès - trouve une occasion permanente d'éprouver ses principes pour ensuite les confirmer ou les rejeter[1].

Pourtant, il ajoute qu'il s'agit quand même d'un « coup de maître de l'illusion de la raison ». Il n'est jamais complètement entré dans la pensée de Mendelssohn, qui interprète le judaïsme comme une religion de la raison, une religion naturelle flanquée d'une révélation destinée aux Juifs. Ces Lumières juives vont voyager vers la Mitteleuropa, mais on découvre aujourd'hui une *Haskala* ottomane qui, elle aussi, voulait conjuguer le judaïsme avec le monde moderne.

La figure et l'œuvre de Moses Mendelssohn - qui est resté orthodoxe toute sa vie - ont accompagné pendant plusieurs générations ce phénomène fascinant du miracle juif allemand. En Allemagne, pas moins de deux expositions récentes l'honorent, à Dessau (2021) et Berlin (2022), et l'édition « du jubilé », inaugurée en 1929, s'est achevée en 2024. Il apparaît comme le « gardien » des Lumières allemandes, alors que l'idéalisme et le romantisme d'outre-Rhin allaient conquérir l'Europe. Il donne aussi naissance au grand mouvement des Lumières juives, la *Haskala* (Markus Herz, David Friedländer,

1. Emmanuel Kant, « À Christian Gottfried Schütz », fin novembre 1785.

Lazarus Bendavid, Salomon Maimon, Saul Ascher, Isaac Euchel). Aujourd'hui constamment retravaillé, évalué, salué, critiqué, Moses Mendelssohn n'a pas fini de nous surprendre, ainsi que le notait son premier biographe français, le comte de Mirabeau :

> Un homme jeté par la nature au sein d'une horde avilie, né sans aucune espèce de fortune, avec un tempérament faible, même infirme, un caractère timide, une douceur peut-être excessive, enchaîné toute sa vie dans une profession presque mécanique, s'est élevé au rang des plus grands écrivains que ce siècle ait vus naître en Allemagne. L'un des premiers, si ce n'est le premier, il a donné à une langue qui n'était même pas la sienne de la clarté, du nombre, de la grâce, de l'énergie. Les Allemands lui ont décerné le titre de Platon moderne ; on lui destine un monument public dans la patrie que ses succès au défaut des lois lui ont conquise. Plus remarquable encore par ses vertus que par ses talents, il a influé sur sa nation et peut-être à un certain point sur le pays où le sort l'avait fixé par l'ascendant d'une raison profonde, et d'une conduite si pure que le bigotisme et la calomnie ne l'ont même pas ternie. [...] Cet homme, ce philosophe juif mérite quelque curiosité[1].

Malheureusement, tout ne se laisse pas « abécédériser », notamment une pensée qui s'est frottée aux autres, préférant l'interlocution que l'exposé dogmatique. Une grande partie

1. Mirabeau, *Sur Moses Mendelssohn et la réforme politique des Juifs. Et en particulier sur la révolution tentée en leur faveur en 1753 dans la Grande-Bretagne*, Londres, 1787.

de l'œuvre de Mendelssohn sera bientôt accessible en français. Ce volume n'a d'autre ambition que d'inciter à le lire et à le méditer. Conformément à l'objectif de la collection, il ne donne que des textes de sa plume.

A

Abel

Les mots « Où est ton frère Abel ? » (Gen. 4, 9) n'expriment qu'une interrogation, nullement une émotion, tandis que « Qu'as-tu fait ? » (Gen. 3, 13) marque encore l'étonnement et la menace. La phrase « La voix de ton frère… » dénote de la pitié pour le sang versé de l'innocent, et le désir de le venger sur son meurtre. Puis il finit par ses mots d'admonestation et de colère : « Maintenant tu seras maudit de la terre… » (Gen. 4, 11). Quoiqu'il n'y ait pas d'indications écrites, celui qui veut en marquer l'intonation doit moduler les sons de chaque syllabe d'après le sens du discours et la correspondance existant entre les émotions de l'âme, la hauteur des sons et la mélodie.

1783, « Introduction
à la traduction de la Bible »,
Écrits juifs

Académie de Berlin

L'académie m'avait élu comme membre, mais sa majesté le roi n'avait pas confirmé le choix. Pourquoi ? Je ne le sais aussi peu que vous savez pourquoi sa majesté ne veut pas vous avoir comme corépétiteur. Ce n'est certainement pas de la haine religieuse.

20 novembre 1784, « À Herz Homberg »

Action

Actions et convictions appartiennent à la perfection de l'homme et la société doit autant que possible, par des efforts communs, s'occuper des deux, c'est-à-dire diriger les actions des membres en vue du bien commun et provoquer des convictions qui conduisent aux actions. Ceci est le *gouvernement*, cela l'*éducation* de l'homme social. L'homme est conduit vers les deux par des *principes*, c'est-à-dire vers les actions par des *principes d'action* et vers les convictions par des *principes de vérité*. Grâce aux institutions publiques, la société doit disposer des deux afin qu'elles s'accordent avec le bien général.

1783, *Jérusalem*

Alenou

La prière d'Alenou est l'une des prières les plus anciennes de notre nation ; conçue initialement pour la seule célébration du Nouvel An, comme introduction solennelle à l'hommage rendu au Législateur suprême et au Juge du monde, elle fut adoptée comme prière de clôture des offices quotidiens, en raison de l'importance et de la grandeur de son contenu. Qu'on y évoque exclusivement les païens et leur idolâtrie, sans faire allusion, par le biais d'arguties cabalistiques, aux chrétiens - qui vénèrent le Roi des rois, le saint béni soit-Il, comme nous - ou à leur messie, ce que certains ennemis et calomniateurs de la nation juive affirment mensongèrement, on peut, par de nombreuses raisons, le prouver irréfutablement.

1791, « Avis sur les accusations
de christianophobie des prières juives
portées contre la communauté juive
de Königsberg par le professeur Kypke »,
Écrits juifs

Allemands et Juifs

Au lieu de parler de Chrétiens et de Juifs, M. M[ichaelis] utilise toujours l'expression « Allemands et Juifs ». Il évite de placer la différence simplement dans les opinions religieuses et préfère nous considérer comme des étrangers qui doivent accepter les conditions faites par les propriétaires du pays.

1783, « Réplique au jugement
de Michaelis sur Dohm »

Âme

Notre âme est une substance qui sent et pense. Dans l'essence de toutes nos sensations et pensées, il y a parfois du clair et raisonnable (*aufgeklärt*), mais toujours beaucoup de confusion et d'obscurité. Notre âme est une substance limitée. Ces limites ne sont pas toujours les mêmes. Un peu de confusion se clarifie, un peu d'obscurité s'éclaire, car il y a des concepts qui perdent de leur précision et d'autres qui sortent de l'ombre. C'est ce que nous enseigne l'intuition indéniable dont nous ne pouvons pas douter. Donc les limites de notre âme sont changeantes, la raison de ces modifications repose dans l'âme elle-même, et constitue sa force. Si vous voulez connaître cette raison, alors cherchez en vous-même.

13 août 1765, « À Thomas Abbt »

Amitié divine

La musique, la peinture, les mets et boissons délicieux quand ils sont digestes, les œuvres maîtresses de la nature et de l'art sont les douces offrandes que nous fait notre père bienveillant et elles rivalisent d'efforts pour illuminer notre âme d'une joie céleste, pour ranimer ses forces quand elles s'épuisent, et pour qu'elle puisse travailler au grand but de la création avec une ardeur redoublée. Ces divertissements doivent enfin alterner avec certains exercices corporels. Nous devons pour cela tâcher de procurer aux membres de notre corps une robustesse durable afin qu'il ne soit pas trop fragile pour supporter les moindres incidents imprévus et douloureux qui peuvent nous frapper et sans lesquels aucun monde n'est possible. C'est pour ainsi dire notre dernier devoir et Rousseau renverse les besoins de la nature humaine quand il les tient pour la seule obligation à laquelle les hommes soient liés.

La Correspondance

Amour et sens

Entre le plaisir d'amour et les autres plaisirs des sens, il faut surtout considérer cette différence de considération. Le plaisir sensuel doit selon sa nature avoir pour finalité l'amusement. Le plaisir d'amour a pour but, selon la nature de son action, de créer une existence raisonnable ; une existence raisonnable qui soit *capable de bonheur et de malheur.* Agir avec préméditation contre cette finalité de la nature est un péché *grossier* qui n'a pas besoin d'être discuté et débattu.

24 avril 1773, « À Paulus Best »

Assentiment

On dit couramment que la puissance de l'âme se divise en la faculté de connaître et la faculté de désirer, et l'on place la sensation de plaisir et de déplaisir dans la faculté de désirer. Mais il semble qu'entre connaître et désirer, il y a l'assentiment, l'approbation, le contentement de l'âme, tous sentiments fort éloignés du désir. Nous contemplons la beauté de la nature et de l'art avec délectation et contentement sans le moindre élan de désir. La beauté semble avoir comme caractéristique particulière d'être contemplée avec un contentement calme, de nous plaire sans que nous la possédions, sans même que nous ayons la moindre aspiration à la posséder. C'est seulement lorsque nous envisageons le beau par rapport à nous et sa possession comme un bien que surgit en nous le désir de l'avoir, de le rapprocher de nous, de le posséder, un désir fort éloigné du sentiment de la beauté. Mais comme cette possession et cette relation à nous ne sont pas toujours là, et, même si elles sont là, n'impliquent pas toujours un désir de se l'approprier chez le véritable ami de la beauté, la sensation du beau n'est pas toujours liée à un désir et ne saurait donc être tenue pour une expression de la faculté de désirer. Si l'on voulait dire que la faculté de désirer suscite la tendance à maintenir les yeux sur quelque chose de beau à cause du consentement qu'on en retire, je n'aurais aucune raison de m'y opposer. Néanmoins, il me semble plus approprié de donner un nom particulier à la source du contentement et de l'insatisfaction de l'âme, qui sont sans doute une origine du désir, mais pas cependant encore un désir, pour les distinguer de l'inquiétude qui caractérise ce dernier. Je l'appellerai dans la suite « faculté d'approuver » (*Billingungsvermögen*), pour la distinguer aussi bien de la connaissance de la vérité que de l'aspiration au bien. Cette faculté fait en quelque sorte le pont entre la faculté de connaître et la faculté de désirer, en les reliant d'une manière très subtile, que l'on ne peut observer qu'à une certaine distance.

Nous pouvons donc considérer la connaissance de l'âme à différents points de vue : en ce qu'elle est vraie ou fausse, et j'appelle cela matière de la connaissance ; en ce qu'elle suscite plaisir ou déplaisir, entraînant approbation ou désapprobation, et l'on peut appeler cela l'« aspect forme de la connaissance ». Ainsi distinguons-nous entre connaissance et connaissance, entre vérité et vérité.

1785,
Heures matinales

Antisémitisme

Il est remarquable d'observer combien le préjugé s'adapte à la configuration de chaque siècle pour nous opprimer et s'opposer à notre intégration dans la société civile. Dans les temps de superstition, nous aurions sans raison profané des hosties, nous aurions percé les crucifix en les faisant saigner, circoncis des enfants en secret pour notre propre plaisir, utilisé le sang chrétien pour notre fête de Pâques, empoisonné les puits, etc.

On nous reprochait notre incrédulité, notre opiniâtreté, nos arts secrets, notre satanisme, et nous avons été martyrisés, dépouillés de nos biens et poussés dans la misère, quand on ne nous a pas tout simplement assassinés.

Aujourd'hui les temps ont changé ; ces calomnies ne font plus l'effet souhaité. On ne nous reproche plus que la superstition et la stupidité, l'absence de sentiment moral, de goût et de mœurs raffinées, d'aptitude aux arts, aux sciences et aux professions utiles, et principalement à servir dans l'armée et l'État, et une inclination irrépressible à la tromperie, à l'usure et ne pas respecter la loi. Ces reproches ont remplacé les anciennes accusations plus grossières visant à nous exclure du nombre des citoyens utiles et à nous priver de la protection maternelle de l'État. Auparavant, on faisait tout ce qu'on pouvait pour faire de nous, non pas des citoyens utiles, mais des chrétiens, et, puisque nous étions trop intraitables et trop obstinés pour nous laisser convertir, c'était une raison suffisante pour nous regarder comme un poids inutile sur terre et pour attribuer à de tels monstres toutes les horreurs susceptibles de susciter une haine et un mépris universels. Aujourd'hui, on ne cherche plus à nous convertir. On nous ignore totalement. On continue à nous tenir éloignés de tous les arts et de toutes les sciences comme de toutes les autres professions et occupations utiles ; on nous bouche toute possibilité de nous rendre plus utiles et l'on invoque notre manque de culture pour nous opprimer davantage. On nous lie les mains et l'on nous reproche de ne pas les utiliser. [...]

1782, préface à la traduction allemande
de *Défense des Juifs* de Manasse ben Israël

Aufklären

Les mots de Lumières, « civilisation » (*Kultur*), « culture » (*Bildung*) sont dans notre langue encore des nouveaux venus. Ils n'appartiennent pour le moment qu'à la langue des livres. Le vulgaire ne les comprend guère. Cela suffirait-il à prouver que la chose est encore récente chez nous ? Je ne crois pas. On dit d'un certain peuple qu'il n'a pas de mots particuliers pour la *vertu*, pour la *superstition*, quoiqu'on puisse lui attribuer à bon droit une quantité non négligeable des deux.

Cependant l'usage, qui semble vouloir suggérer une différence entre ces termes de même signification, n'a pas eu le temps d'en fixer les limites. Culture, Civilisation et Lumières sont des modifications de la vie sociale, des effets de l'industrie et des efforts des hommes pour améliorer leur état social.

Plus l'état social d'un peuple est mis en harmonie par les arts et le travail avec la destination de l'homme, et plus ce peuple a de la *culture*. La culture se décompose en *civilisation* et *lumières*. La *civilisation* semble se porter davantage vers le *pratique* : la qualité, le raffinement et la beauté sont recherchés dans l'artisanat, les arts et les mœurs sociales (c'est l'aspect objectif) ; le savoir-faire, le travail soigné et l'habileté dans les premiers, les penchants, les instincts, les habitudes dans les dernières (c'est l'aspect subjectif). Plus ces dernières correspondent chez un peuple à la destination de l'homme, plus on lui reconnaît de civilisation, de même qu'à un terrain on attribue d'autant plus de culture et d'activité agricole qu'il a été mis par l'industrie des hommes en état de produire des choses utiles à l'homme. Les *Lumières* en revanche semblent se rapporter davantage au *théorique*, à une connaissance rationnelle (partie objective) et un savoir-faire (partie subjective) permettant une réflexion raisonnable sur les choses de la vie humaine en fonction de leur importance et de leur influence sur la destination de l'homme.

Je pose toujours la *destination de l'homme* comme mesure et but de toutes nos aspirations et de tous nos efforts, comme un point vers lequel nous devons diriger nos regards si nous ne voulons nous perdre.

Une langue acquiert des *lumières* grâce aux sciences et de la civilisation, grâce aux relations sociales, à la poésie et à l'éloquence. Par les premières, elle devient plus apte à l'usage théorique, grâce aux secondes à l'usage pratique. Les deux ensemble (lumière et civilisation) donnent à une langue de la *culture*.

La civilisation dans le domaine extérieur, cela s'appelle le *vernis*. Bienheureuse la nation dont le vernis est un effet de la civilisation et des lumières ; dont l'éclat et le poli extérieur se fondent sur une solide authenticité intérieure !

Les lumières sont à la civilisation ce qu'en général la théorie est à la pratique, la connaissance à la moralité, la critique à la virtuosité. Considérées en soi et pour soi (de façon objective), elles sont l'une à l'autre dans le rapport le plus exact quoique, subjectivement, on puisse souvent les séparer.

On peut dire : les Nurembergeois ont plus de civilisation et les Berlinois plus de lumières ; les Français plus de civilisation, les Anglais plus de lumières ; les Chinois beaucoup de civilisation et peu de lumières. Ils étaient une nation *cultivée*, de même que leur langue est une langue *cultivée*. Plus généralement, la langue d'un peuple est le meilleur signe de sa culture, de sa civilisation comme de ses lumières, de leur extension et de leur force.

1784, « Que signifie éclairer ? »

B

Ban

Le droit de mettre au ban et d'expulser que l'État doit parfois se permettre est complètement opposé à l'esprit de la religion. Excommunier, exclure, expulser le frère voulant participer à mon édification et voulant élever vers Dieu son cœur et le mien par communion bienfaisante : si la religion ne peut se permettre aucune punition arbitraire, elle ne peut surtout pas se permettre ce tourment de l'âme qui n'est sensible que pour celui qui est véritablement religieux.

1783, *Jérusalem*

Bayle, Pierre[1]

[Prenez] Bayle, si vous voulez avoir un sophiste français qui croit avoir assez de subtilité pour rendre vraisemblables ses

1. 1647-1706.

paradoxes. Il décore ses fantaisies ingénieuses, raconte des historiettes attirantes, peint, décrit, badine, affirme les choses les plus insensées, les encadre avec des images sublimes et se chante un air de victoire. Ce qui me surprend le plus est le manque de plan que j'ai cru remarquer dans ce livre. Sinon, les Français savent parler de leur disposition lumineuse qui serait dans leurs écrits à la mode. Mais en quoi consiste cet ordre tellement célébré ? Ni dans la répartition réfléchie de la matière, ni dans la progression régulière du facile au difficile, et ni dans la classification agréable des points principaux. Je ne trouve pas la moindre trace de cela chez Helvétius.

22 février 1762, « À Thomas Abbt »

Beauté

La beauté est la souveraine absolue de tous nos sentiments, le fondement de toutes nos pulsions naturelles, l'esprit vivifiant en sentiment, et elle exhorte à l'action résolue. Elle nous enchante dans la nature et le génie a su l'imiter avec un heureux succès dans les œuvres de l'art. La poésie, l'éloquence, les beautés des figures et des sons pénètrent notre âme par différents sens et dominent toutes nos inclinations. Comme il leur plaît, elles peuvent nous rendre tantôt joyeux, tantôt désespérés. Elles peuvent exciter nos passions et de nouveau nous apaiser[1],

1. « On ne peut pas refuser complètement à l'architecture la capacité d'exciter des passions. Elle le peut au moins par le moyen d'un concept voisin que notre âme lie toujours au concept principal. C'est ainsi que des bâtiments

et nous nous soumettons volontiers au pouvoir de l'artiste qui nous fait espérer, craindre, nous fâcher, nous calmer, rire et à nouveau verser des larmes. Tous ces différents effets doivent couler d'une seule et unique source. Deux sources de mouvement distinctes feraient de notre âme un être composé, et la raison nous démontre de manière irrévocable qu'elle est simple.

Nos sentiments sont toujours accompagnés d'un certain degré de satisfaction ou de déplaisir. On peut tout aussi peu concevoir un esprit sans pouvoir d'aimer ou de haïr que sans faculté de représentation. Tous les différents degrés et modifications de cette satisfaction et de ce déplaisir, toutes nos inclinations et nos passions doivent pouvoir être expliqués par cette faculté fondamentale d'aimer et de haïr. Si on ne peut dénier aux beaux-arts et aux belles-lettres le pouvoir d'éveiller nos passions, alors ils doivent tous agir de différentes manières dans cette faculté fondamentale de notre âme, et pouvoir mettre en mouvement ses ressorts les plus cachés. Mais qu'ont de commun toutes ces œuvres de l'invention humaine, pour pouvoir s'accorder sur une fin unique ?

Compte rendu de l'ouvrage d'Edmund Burke,
A Philosophical Enquiry into the Origin of Our Ideas of the Sublime and Beautiful

---

superbes et majestueux excitent de la vénération et de l'admiration. Les maisons de plaisance éveillent en nous de la gaieté, les bâtiments isolés du sérieux et de la profondeur, et un monument funéraire peut provoquer du regret et de la tristesse » (Mendelssohn, 1757, « Méditations sur les sources et les liaisons des beaux-arts et des belles-lettres », *La Correspondance*).

Beaux-arts

Toutes les illusions des beaux-arts viennent de la même source. Elles se fondent toutes sur la liaison entre le signe et le signifié, et sur l'inférence que nous avons tendance à tirer d'inductions partielles. Lorsque ces dernières sont devenues habituelles par une répétition fréquente et pendant un temps long, lorsque la succession des idées devient pour ainsi dire une sensation immédiate, nos sens infèrent tout de suite du signe au signifié et nous attendons le signifié dès que nous percevons le signe. La connaissance plus claire du réel peut bien nous persuader du contraire, l'illusion sensible a sa propre manière d'inférer et de conclure, et l'imitation a produit son effet, même si la raison sait parfaitement que le comédien n'est pas le Maure jaloux qui tue l'innocente Desdémone ; nous savons que ce Laocoon de marbre n'est pas les morsures des serpents que le sculpteur fait percevoir jusque dans les extrémités des orteils de son pied.

1785, *Heures matinales*

Beccaria, Cesare[1]

L'approbation par laquelle le traité des *Délits et des Peines* a été accepté autant en Italie qu'en Suisse provoqua ma curiosité afin de lire ce petit livre. Je ne peux pas dire qu'il a comblé mon attente autant que les *Entretiens de Phocion* de l'abbé

1. 1738-1794.

Mably[1], qui remportèrent le prix l'an dernier. L'Italien a pris le ton étrange et insultant de Rousseau qui parle toujours comme si la totalité du genre humain n'avait jamais pensé avant lui. Et ce mépris de tous les écrivains antérieurs fait que ces philosophes tiennent pour des vérités inébranlables des rêveries réfutées depuis longtemps et déterrent des principes dont la fausseté est établie dans tous les *compendia*. Ainsi l'auteur du traité des peines fonde toute sa théorie sur la proposition selon laquelle le droit de punir se fonde sur le pacte social et, de là, il prouve l'irrecevabilité de la peine capitale. Mais si je n'ai pas un droit naturel à punir celui qui viole mon droit complet, je ne peux l'obtenir par aucun pacte au monde. Selon la présupposition de cet auteur, un État ne serait pas autorisé à punir un État voisin ou un simple individu étranger après une insulte suprême, s'il n'a pas avec lui un contrat de cette sorte. On voit clairement la bêtise de cela.

1er juin 1766, « À Isaak Iselin »

Bonheur

S'il est vrai qu'un être souverainement bon et omniscient nous a engendrés, il ne peut du fait de ses attributs immuables nous avoir destinés à autre chose qu'à notre bonheur. Ce bonheur n'est possible que si l'homme est appelé à une vie éternelle et son anéantissement est contraire aux attributs

1. *Entretiens de Phocion sur le rapport de la morale et de la politique* (1763) de Gabriel Bonnot de Mably (1709-1785).

reconnus de Dieu ; et l'on a par conséquent une raison valable de soutenir que notre âme est immortelle. Et il en est ainsi pour toute vérité dont nous pouvons démontrer que sans elle l'homme ne peut être heureux, et que sans elle Dieu ne pourrait pas avoir les attributs que nous sommes convaincus qu'il a. Dans ce cas seulement, la raison d'approuver est aussi une raison de connaître. Un être souverainement bon ne peut avoir approuvé et engendré volontairement que ce que son omniscience a vu comme meilleur et plus parfait. Mais quand il s'agit de l'existence de cet être parfaitement bon, la source de la connaissance se distingue de la source de l'approbation. Chaque principe suit son propre chemin et conduit à un but différent. Si nous exprimons habituellement notre approbation du bien et du beau comme notre reconnaissance de la vérité par le même mot, approuver, c'est là une ambiguïté de la langue dont le philosophe doit être conscient.

1785, *Heures matinales*

Bon sens

Si mon intention était ici d'entrer davantage dans la psychologie, je saisirais cette occasion pour vous parler de la faculté sensible d'abstraction et je vous montrerais par de nombreux exemples que nos connaissances sensibles font intervenir plusieurs fonctions de l'âme que l'on n'attribue ordinairement qu'à la raison. Le bon sens (*gesunde Menschenverstand*), qui semble opérer dans la jouissance du beau, présuppose des opérations de la raison qui doivent nécessairement s'effectuer en nous sans que nous en soyons conscients. Je poursuivrais la comparaison et je vous montrerais par suffisamment d'exemples que le bon sens et la raison sont au fond la même chose, et que lors d'une sensation, quelque chose doit nécessairement intervenir dans la connaissance sensible, qui fait exactement ce que fait la raison dans la pensée. La différence est simplement que le bon sens procède vite dans le sentir et s'avance dans la hâte, sans que la crainte de se tromper ne le retienne ; tandis que la raison tâtonne pour ainsi dire avec un bâton avant d'oser faire un pas, et avance, il est vrai de manière plus avisée, mais non sans peur ni tremblement. L'un et l'autre peuvent s'égarer, trébucher et tomber et, si cela arrive, la raison aura souvent plus de mal à se relever.

1785, *Heures matinales*

En vérité, à l'état de veille, j'ai tendance à suivre la règle que voici. Chaque fois que ma spéculation semble me mener trop loin des chemins battus du sens commun, je me calme et je cherche une orientation. Je reviens au point d'où nous étions partis et je cherche à comparer mes deux guides. L'expérience m'a appris que, dans la plupart des cas, c'est le bon sens qui voit juste, et il faut vraiment que la raison tranche en faveur de la spéculation pour que je m'écarte du sens commun et que je suive la spéculation. Il faut que la raison me montre clairement en quoi le bon sens s'est écarté de la vérité et s'est égaré, pour que je sois convaincu que son obstination ne vient que de son ignorance.

Si nous appliquons cette règle aux doutes soulevés par les idéalistes, les solipsistes et les sceptiques contre la réalité du monde matériel, nous voyons que les raisons invoquées pour justifier ces doutes ne parviennent pas à susciter en nous une approbation pleine et entière. Nous avons plutôt fortement tendance à penser, après mûre réflexion que la vérité est du côté du bon sens. Cependant, tant qu'on ne l'aura pas découverte, ces doutes diminueront l'évidence des preuves fondées sur le sens commun. Par conséquent, dans la mesure où les preuves de l'existence de Dieu du premier type supposent l'existence réelle du monde matériel, ces doutes affectent leur pouvoir de convaincre au point qu'elles n'atteignent même pas le niveau d'évidence de la procédure du géomètre pratique.

1785, *Heures matinales*

Burke, Edmund[1]

Nos voisins, et surtout les Anglais, nous précèdent dans les observations philosophiques de la nature ; nous les suivons avec nos syllogismes et si cela continue - nos voisins observent et nous expliquons - nous pouvons espérer à la fin avoir une théorie complète des sentiments dont l'utilité sera importante dans les sciences du beau. [...] L'auteur anonyme tente d'abattre tous les systèmes. Mais sa philosophie nous

1. 1729-1797.

semble ne pas être assez profonde sur pas mal de points et il semble qu'il n'a pas bien étudié les systèmes qu'il croit réfuter. Il serait souhaitable que les Anglais étudient avec autant d'application notre philosophie que nous examinons leurs observations.

Compte rendu de l'ouvrage d'Edmund Burke,
A Philosophical Enquiry into the Origin of Our Ideas of the Sublime and Beautiful

C

Ce que Dieu a lié

Ce que Dieu a lié, l'homme ne peut le délier. Si l'un de nous passe à la religion chrétienne, je ne comprends pas comment il peut libérer par là sa conscience et croire ainsi se débarrasser du joug de la Loi. Jésus de Nazareth n'a jamais dit qu'il était venu pour délivrer la tribu de Jacob de la Loi. Bien plus, il a dit expressément le contraire et, ce qui est encore plus, il a fait lui-même le contraire. Jésus de Nazareth ne s'est pas contenté d'observer la loi de Moïse, il s'est aussi conformé aux prescriptions des rabbins et ce qui, dans les discours et actes écrits sur lui, semble s'y opposer n'a en vérité cette apparence qu'au premier coup d'œil. Si l'on y regarde exactement, tout s'accorde complètement, non seulement avec l'Écriture, mais encore avec la tradition. [...] De tout son comportement, comme celui de ses disciples des premiers temps, s'impose à l'évidence le principe des rabbins : celui qui n'est pas né dans la Loi, n'a pas à se lier à la Loi ; mais celui qui est dans la Loi doit vivre selon la Loi et mourir selon la Loi. Si ses successeurs ont pensé autrement dans les temps ultérieurs et s'ils ont cru libérer les Juifs qui suivirent sa doctrine, cela s'est produit sans son autorité.

1783, *Jérusalem*

Cérémonies

En ce qui concerne les concepts religieux populaires, je pense que les sentiments agréables qu'ils comportent se fondent en grande partie sur la vérité qui est à leur base et sont simplement obscurcis par des adjonctions fausses. L'omniprésence de Dieu est trop sensualisée dans votre religion [chrétienne] et parfois abaissée vers l'humanité. Au fond nous pouvons, selon la raison, jamais assez représenter la divinité comme *présence* et toutes les sensualisations ne suffisent pas à communiquer l'enthousiasme que nous devrions avoir pour cette image. Je m'en tiens donc aux concepts religieux populaires aussi longtemps que ma raison est suffisamment forte pour remplacer par autre chose les sentiments agréables.

Je me réjouis de toutes les habitudes religieuses qui ne mènent pas à l'intolérance et à la misanthropie, je me réjouis comme mes enfants de chaque cérémonie fondée sur le vrai et le bon et cherche à m'éloigner de l'erreur, et ne les supprime pas tant que je ne suis pas en mesure de remplacer leur bon effet par quelque chose de meilleur.

27 décembre 1785, « À Sophie Becker[1] »

Christianisme

Je signe avec plaisir et avec tout mon cœur ce que vous dites de la morale du Nouveau Testament. Je crois volontiers que Jésus n'a pas enseigné ce que les rabbins chrétiens ont prêché en son nom pendant des siècles et pourquoi ils ont souvent égorgé et souvent été égorgés. Un christianisme comme le vôtre, Monsieur, transformerait notre terre en paradis s'il devait être accepté universellement. Et à propos d'une chose si importante, qui s'arrêterait à un mot ? Doit-on nommer la pure doctrine morale du christianisme ? Pourquoi pas, si ce terme pouvait aider ? Mais ce christianisme est véritablement une Église invisible qui consiste en partie avec des juifs, des musulmans et des Chinois et avec qui on peut surtout inclure des Grecs et des Romains. Il est extrêmement étrange que nos jugements s'accordent si mal. Dans l'histoire, les Grecs et les Romains font notre admiration et nous devons nous mépriser en nous comparant à leurs vertus. Mais si nous répartissons dans les livres le *salaire* de la vertu, c'est-à-dire le *bonheur*, alors on

1. 1755-1789.

ne pense pas aux païens, ou bien ils seront renvoyés de manière insultante.

20 avril 1770, « À Rochus, comte de Lynar[1] »

Colonisation

Je ne crois donc pas que les forces de la raison humaine sont insuffisantes pour la persuader des vérités éternelles indispensables à la félicité humaine et, en conséquence, que Dieu a dû les lui révéler de manière surnaturelle. Ceux qui affirment cela refusent d'un côté à la puissance ou à la bonté de Dieu ce qu'ils croient lui donner d'un autre côté. Selon cette opinion, il fut assez bon pour révéler aux hommes les vérités dont dépend leur félicité, mais pas assez tout-puissant ou assez bon pour leur donner les forces de les découvrir. En outre, on rend par cette affirmation la nécessité d'une révélation surnaturelle plus universelle que la révélation elle-même. Si le genre humain devait être perverti et misérable sans révélation, une de ses plus grandes parties aurait-elle vécu depuis longtemps sans vraie révélation ? Autrement dit, pourquoi les deux Indes durent-elles attendre jusqu'à ce qu'il plaise aux Européens de leur envoyer quelques consolateurs, ayant pour tâche de leur apporter un message sans lequel, selon leur opinion, ils ne pouvaient vivre ni vertueux ni heureux ? Et leur apporter un message qu'ils ne peuvent

1. 1708-1781.

ni bien comprendre ni bien utiliser dans le contexte et dans l'état de leur connaissance ?

1783, Jérusalem

Conceptions du judaïsme

Le judaïsme était constitué ou devait selon l'intention de son fondateur être constitué en :

– Des doctrines et des propositions, ou *vérités éternelles* sur Dieu et son gouvernement et sa providence, sans lesquelles l'homme ne peut être éclairé et heureux. Celles-ci n'ont pas été imposées à la foi de la nation sous la menace de punitions éternelles ou temporelles, mais recommandées à la connaissance raisonnable ainsi qu'il sied à la nature et à l'évidence de la vérité éternelle. Elles ne devaient pas être administrées par une révélation immédiate, portée à notre connaissance par la *parole* et l'*écriture*, qui ne sont compréhensibles qu'*ici* et *maintenant*, l'être le plus haut les a révélées à toutes les créatures raisonnables par des *choses* et des *concepts*, écrits dans l'âme avec une écriture qui est lisible et compréhensible en tout temps et en tous lieux. [...]

– Des vérités historiques, ou des informations sur le destin du monde primitif, surtout à propos des conditions de vie des pères fondateurs de la nation, de leur connaissance du vrai Dieu, de leur conduite devant Dieu et même de leurs fautes et de la punition paternelle qui en fut la conséquence, de l'alliance que Dieu a établie avec eux et de la promesse qu'il leur a souvent répétée : faire de leurs héritiers une nation qui lui soit dédiée. [...]

– Des lois, des préceptes, des règles de vie qui sont propres à cette nation et grâce à l'observance desquels elle doit autant parvenir à la félicité nationale que chacun de ses membres à la félicité personnelle. Dieu était le législateur, et Dieu non pas en tant que créateur et soutien du monde, mais Dieu comme gardien et allié de leurs ancêtres, comme libérateur, fondateur et guide, comme roi et maître de ce peuple ; et il donna à ses lois la confirmation la plus solennelle, publiquement de manière inouïe, miraculeuse, par laquelle devoir immuable et obligation furent posés sur la nation et sur tous ses héritiers.

Ces lois furent révélées, c'est-à-dire rendues publiques par la parole et l'écrit. [...]. Les lois écrites comme les lois non écrites ont immédiatement, en tant que *prescriptions des actions* et règles de vie, la félicité publique et privée pour but ultime. Elles sont aussi, pour une grande partie, à considérer comme une sorte d'écriture et possèdent un sens et une signification en tant que *lois cérémonielles.*

1783, *Jérusalem*

Connaissances

On peut diviser l'ensemble de nos connaissances en trois classes. 1) La connaissance sensible ou la conscience immédiate que nous avons des changements qui ont lieu en nous lorsque nous voyons, entendons, sentons, lorsque nous avons du plaisir ou du déplaisir, lorsque nous désirons quelque chose ou au contraire que quelque chose nous répugne, lorsque nous jugeons, concluons, espérons, craignons, etc. Je place tout cela dans la connaissance immédiate des sens externes et internes, même si beaucoup de jugements après coup, de rectifications et d'améliorations de l'entendement se mêlent très souvent si intimement au sensible que l'on ne peut plus en reconnaître les frontières. 2) La connaissance du pensable et du non-pensable, ou les jugements et les inférences que l'on peut tirer de cette connaissance immédiate par un usage correct de notre entendement ; les pensées dans lesquelles nous analysons ces sentiments - *la connaissance rationnelle*. Et 3) la connaissance de ce qui est *réel* au dehors de nous, ou les représentations que nous nous en faisons selon lesquelles nous sommes dans un monde physique et réel, dans lequel nous agissons et pâtissons, dans lequel nous subissons des changements et en provoquons.

1785, *Heures matinales*

Conversion

En réalité, je ne vois pas comment ceux qui sont nés dans la tribu de Jacob peuvent se débarrasser de la loi d'une quelconque manière qui soit scrupuleuse. Il nous est permis de réfléchir sur la loi, de sonder son esprit, de conjecturer çà et là une raison, là où le législateur n'a donné aucune raison, qui *peut-être* fut attachée aux temps, lieux et circonstances, qui *peut-être* peut être changée avec les temps, lieux et circonstances, s'il plaît au grand législateur de nous faire connaître ses volontés à ce propos, de nous les faire connaître de manière aussi forte, aussi publique, aussi hors de doute et soupçon, que la loi qu'Il a donnée lui-même. Aussi longtemps que pareille chose ne se produit pas, aussi longtemps que nous ne pouvons faire la preuve d'aucune libération aussi authentique de la Loi, notre ratiocination ne peut nous libérer de la stricte obéissance que nous devons à la Loi, et la vénération de Dieu établit une limite entre la spéculation et la pratique, limite qu'aucun homme consciencieux ne doit franchir.

1783, *Jérusalem*

Critique de la raison pure

Je suis depuis de nombreuses années comme mort à la métaphysique. Ma faiblesse nerveuse m'interdit tout effort et je m'amuse pendant ce temps à des travaux moins éprouvants, dont j'aurais très prochainement le plaisir de vous envoyer quelques essais. Votre *Critique de la raison pure* est pour moi également un critère de santé. Chaque fois que je me flatte d'avoir repris des forces, je me risque à cet ouvrage qui consume la sève nerveuse, et je n'ai pas perdu tout espoir de pouvoir, en cette vie encore, la méditer à fond dans son ensemble.

10 avril 1783, « À Emmanuel Kant »,
La Correspondance

D

Déisme

Les chrétiens, surtout les théologiens accusent [le judaïsme] facilement de déisme, car leur religion révélée a énormément de choses à ajouter à la religion naturelle, au-dessus et contre la raison. Mais Dieu soit loué qui nous a donné la Torah. Nous n'avons pas de principes *(ikkarim)* qui soient contre ou au-dessus de la raison (*sechel*). Dieu soit loué, je n'ajoute rien à la religion naturelle que des commandements et lois principes (*mitzvot, ve-houkim we michpatim*). Mais les principes et les fondements de notre religion sont fondés sur les piliers de la raison et s'accordent dans tous les aspects à l'investigation et à son véritable examen, sans aucune contradiction et dissension. Et ceci est le rang le plus haut de notre vraie et divine religion sur toutes les autres fausses religions. Les chrétiens vont accuser tous nos principes de déisme ou de naturalisme. Le docteur Ernesti[1] a

1. 1707-1781.

déjà dit dans sa *Bibliothèque* qu'il voit bien que le judaïsme actuel est un naturalisme raffiné, car j'ai montré que selon les lois de notre législation les autres nations ne doivent s'en tenir aux sept lois afin de participer au monde futur. Et je ne vais pas m'étendre là-dessus car les discours sont superflus en ces matières. Les fils de notre peuple doivent accepter tout cela comme allant de soi car il s'agit de notre gloire et notre splendeur, et tous les livres de nos sages sont pleins de cela.

22 juillet 1771, « À Elkan Herz »

Désirer

Entre la faculté de connaître (*Erkenntnisvermögen)* et la faculté de sentir (*Empfindungsvermögen*) se trouve la faculté de désirer (*Begehrungsvermögen*), par laquelle nous sentons du plaisir ou du non-plaisir pour une chose, nous y consentons, nous l'apprécions et la trouvons agréable ou bien ne l'apprécions pas, la critiquons et la trouvons désagréable. Il y a des pensées et des représentations qui ne nous disent rien, qui ne sont liées à aucun sentiment. Il y a aussi des sentiments qui ne passent pas dans le désir. Nous pouvons être touchés par une musique ou un tableau sans le désirer.

Le but de la faculté de connaître est de posséder le *Vrai*, c'est-à-dire d'accorder les concepts dans notre âme avec les qualités de l'objet, pour autant que nous possédons une faculté de connaître.

Le but de la faculté de sentir est le *Bien*, c'est-à-dire que nous voulons faire coïncider les qualités avec nos concepts de bien, d'ordre et de beauté, pour autant que nous possédons une faculté de sentir.

C'est la raison pour laquelle les hommes ont des penchants vers la *vérité* et vers la *fiction* ; vers la vérité aussi souvent que la faculté de connaître est à l'œuvre, vers la fiction en revanche uniquement lorsque nous avons l'intention d'activer notre faculté de sentir. Dans le premier cas, il nous importe quels prédicats ont les objets, si nous les connaissons comme ils existent d'une manière et non d'une autre : mathématique, histoire de la nature. Dans le second cas, il n'en va pas tellement pour nous de notre savoir et de notre connaissance, mais de la constitution objective de la chose, dont nous nous efforçons de produire selon nos concepts ordre, beauté et perfection. Notre but alors n'est pas le Vrai mais le Bon. Dans tout ce qui concerne notre cœur, nos désirs et efforts ne s'orientent pas vers nos représentations, mais vers la constitution des objets. Nous souhaitons que nos amis soient heureux pas seulement pour ne rien savoir de leur malheur, mais pour l'éviter.

1776, *Sur la faculté de connaître,*
de sentir et de désirer

Despotisme

Le despotisme a l'avantage d'être cohérent. Quelque pesantes que soient ses exigences pour le sens commun, elles n'en sont pas moins reliées entre elles et systématiques. Il a sa réponse déterminée pour chaque question. Vous n'avez pas à vous occuper plus avant des frontières car celui qui a tout ne se pose pas la question : combien ?

Ainsi en va-t-il des principes catholiques de la constitution ecclésiale. Elle s'applique à chaque situation de manière explicite et elle est pour ainsi dire tout d'une pièce. Cédez à toutes ses exigences, ainsi vous savez au moins à quoi vous en tenir. Votre édifice est achevé et dans toutes ses parties règne un calme parfait. À vrai dire, il s'agit de ce calme terrible dont parle Montesquieu, celui qui règne le soir dans une forteresse attendant l'assaut pour la nuit. Mais celui qui tient la tranquillité dans la doctrine et dans la vie pour du bonheur ne la trouve jamais nulle part plus assurée que sous le règne d'un despote catholique romain ; ou bien, car ici aussi le pouvoir est encore trop dispersé, sous la domination despotique de l'Église elle-même.

Mais dès que la liberté ose déranger quelque chose dans cet édifice systématique, l'effondrement menace de tous côtés si bien qu'à la fin on ne sait plus ce qui peut en rester debout. D'où le chaos extraordinaire, les troubles tant civils que religieux dans les premiers temps de la Réforme et la perplexité frappante des maîtres et des réformateurs eux-mêmes, lorsqu'il leur revint de fixer, en matière de justice, le *jusqu'où ?*

Non seulement il s'avérait difficile en pratique de tenir dans les limites appropriées la grande masse délivrée de ses chaînes, mais on trouve en théorie même, dans les écrits de cette époque, des concepts tout à fait imprécis et flottants aussi souvent qu'il est question de fixer le pouvoir ecclésial. Le despotisme de l'Église était supprimé, mais quelle autre forme de gouvernement devait être mise à la place ? Encore aujourd'hui, dans nos temps éclairés, les manuels de droit canon n'ont pu se débarrasser de cette imprécision. Le clergé ne peut et ne veut renoncer à toute exigence de *constitution* ; et simultanément, personne ne sait au juste en quoi elle consiste. On veut trancher les litiges concernant la doctrine sans reconnaître un juge suprême. On en appelle toujours à une église indépendante, sans savoir où la rencontrer. Il y a des prétentions au pouvoir et au droit, et on ne peut pas dire qui doit les posséder.

1783, *Jérusalem*

Dessau

Je suis né en l'an 1729 (le 12 Elloul 5489 selon le calendrier juif) à Dessau. Mon père y était instituteur et scribe (ou *sofer*). J'étudiais le Talmud sous *rabbi* Fränkel[1] qui était à cette époque grand rabbin à Dessau. Après que ce savant rabbin eut acquis une grande gloire auprès de la nation juive grâce à son commentaire sur le Talmud de Jérusalem, il fut nommé en 1764 environ à Berlin, où je le suivis la même année.

1. David ben Naphtali Fränkel (1704-1762). Grand rabbin de Berlin en 1740.

Ici, j'ai pu grâce au docteur Aaron Gumperz[1], futur docteur en médecine (et qui vient de mourir il y a quelques années à Hambourg), prendre goût aux sciences auxquelles il m'a lui-même introduit. J'ai été précepteur dans la maison d'un riche juif, puis son comptable et enfin son inspecteur dans sa manufacture de soie, ce que je suis encore aujourd'hui. Dans ma trente-troisième année, je me suis marié et ai depuis fait sept enfants dont cinq vivent encore. D'ailleurs je ne suis jamais allé à l'université et n'ai jamais suivi un cours dans ma vie. Ce fut l'une des plus grosses difficultés que je dus surmonter. En réalité, j'ai dû aller trop loin et ai attrapé depuis trois ans une faiblesse nerveuse à cause de la démesure de mes études qui me rend complètement incapable de toute occupation savante. L'écriture même de lettres m'est désormais un travail pénible auquel je ne peux m'astreindre que rarement.

24 mars 1774, « À Johann Jacob Spiess »

Que sera-ce la destination de mes compatriotes, demandez-vous. Quels compatriotes ? Celui qui habite Dessau ou le citoyen de Jérusalem ? Mais le shabbath commence, vivez bien, mon meilleur ami.

20 juillet 1764, « À Thomas Abbt »

1. 1723-1769.

Dieu

Sans Dieu, sans la providence, sans l'immortalité, tous les biens de la vie n'ont guère de valeur ici-bas et la vie me semble, pour employer une image bien connue et souvent utilisée mal à propos, un voyage dans le vent et la tempête, sans l'espoir de trouver le soir une auberge où s'abriter ; ou, comme l'a dit Voltaire, sans cette perspective consolante, nous nageons tous dans une mer démontée, luttant sans répit contre les vagues, sans espoir d'atteindre jamais le rivage.

1785, *Heures matinales*

Doctrine de Jésus

Et vous, chers frères et semblables qui suivez la doctrine de Jésus !, comment pouvez-vous nous en vouloir lorsque nous faisons ce que le fondateur de votre religion a fait lui-même et a conservé de son prestige ? Comment pouvez-vous croire que vous ne pouvez pas nous aimer de nouveau fraternellement, vous réunir civilement avec nous aussi longtemps que nous nous différencions de vous extérieurement par l'observance des lois cérémonielles, que nous ne mangeons pas avec vous, ne nous marions pas avec vous, ce que, autant que l'on puisse en juger, le fondateur de votre religion lui-même n'a ni fait ni ne nous aurait permis de faire ? Si cela est votre véritable conviction et qu'elle doive rester telle que nous ne pouvons le croire de la part d'hommes de conviction chrétienne, si la réunion civile ne peut être obtenue sous aucune autre condition que celle de s'écarter de la Loi que nous tenons encore comme obligatoire pour nous, alors nous sommes désolés de nous considérer contraints d'avoir à expliquer que nous devons renoncer à la réunion civile.

1783, *Jérusalem*

Droit de l'Église

Droit de l'église, pouvoir et force de l'Église. Je dois avouer que je ne puis me faire aucune notion claire de ces expressions et mon *Adelung*[1] ne m'instruira pas davantage. Je ne connais aucun droit sur les personnes et les choses qui soit lié à des opinions religieuses, droit que l'on acquerrait en adhérant à certaines propositions concernant des vérités éternelles et que l'on perdrait lorsqu'on ne peut ou ne veut les accepter. Je connais encore moins les droits et les pouvoirs sur des *opinions* que la religion devrait accorder ou posséder. La vraie religion, la religion divine, ne s'arroge aucun pouvoir sur les opinions et les jugements, elle ne donne et ne revendique aucun droit à la jouissance et à la propriété d'un bien terrestre quelconque ; elle ne connaît d'autre pouvoir que celui de convaincre par des arguments rationnels et de rendre heureux en convainquant. La vraie religion divine n'a besoin ni de bras ni de doigts, *elle est tout esprit et tout cœur.*

1782, préface à la traduction allemande
de *Défense des Juifs* de Manasse ben Israël

1. Johann Christoph Adelung (1732-1806).

Droit de résidence

Depuis mon enfance, j'ai toujours vécu dans les États de votre majesté et souhaite m'y installer pour toujours. En tant qu'étranger et ne possédant pas la fortune requise par le règlement, je m'enhardis à vous demander :

De m'accorder pour moi et ma famille la protection la plus haute ainsi que les libertés dont jouissent vos sujets, en considération de la mesure où je pallie, par la protection éminente de Sa Majesté, le manque de richesse par mes efforts dans les sciences.

Avril 1763, « À Frédéric II »

Hier, avec l'aide de Dieu, le droit de résidence nous a été accordé. Maintenant vous êtes [...] un sujet prussien et vous devez prendre le parti de la Prusse. Vous allez croire, de façon prussienne, tout ce qui est bon pour nous. Les Russes, les Turcs, les Américains sont à notre service et attendent notre premier geste.

26 mars 1762, « À Fromet Gugenheim »

E

Église

J'appelle « Église » les institutions publiques servant à la formation de l'homme en traitant des rapports de l'homme à Dieu : celles traitant des rapports de l'homme avec l'homme, l'« État ». Par « formation » de l'homme, je comprends l'effort d'organiser les deux, convictions et actions, de telle manière qu'elles s'accordent pour la félicité, pour *éduquer* et *gouverner* les hommes.

1783, *Jérusalem*

Écrivains helvétiques

Il faut être juste avec quelques écrivains helvétiques, qui furent les premiers parmi les Allemands à considérer avec de véritables yeux philosophiques les hommes dans la grande société politique. Les étrangers commencent petit à petit à s'apercevoir que la philosophie est chez elle en Allemagne.

Nous ne manquons pas de systèmes de l'État fondés sur des principes philosophiques. Mais notre philosophie politique est encore attachée à quelques timidités qu'on ne peut naturellement résoudre nulle part autre que dans un État libre. C'est là où est notre patrie véritable où on ne doit pas avoir peur de regarder de front dans les yeux ni un pouvoir autocratique ni l'hypocrisie. Sous un gouvernement limité, Minerve elle-même doit mettre son casque sur les yeux afin que son regard perçant ne voie pas plus loin que ce qui lui est autorisé. C'est peut-être la raison pour laquelle les écrivains politiques en Allemagne et en France s'intéressent plus aux perfections extérieures de la société humaine qu'aux perfections internes.

1761, *Lettres sur la littérature la plus récente*

Éducation du genre humain

Pour ma part, je n'ai aucune idée d'une éducation du genre humain dont feu mon ami Lessing s'est laissé convaincre par je ne sais quel historien. On se représente la chose collective, le genre humain, comme une seule personne et on croit que la providence l'a pour ainsi dire envoyée à l'école comme on fait d'un enfant pour l'éduquer en homme. Au fond, le genre humain est dans tous les siècles, si la métaphore est valable, enfant, homme et vieillard, selon les différents endroits et parties du monde. [...] Et je ne pense pas que ce fut le but de la providence de faire que la totalité de l'humanité ici-bas aille toujours de l'avant dans la suite des temps, et se perfectionne ; en tout cas, cela n'est pas aussi indispensable, tant s'en faut, pour sauvegarder la providence, qu'on le pense habituellement.

1783, *Jérusalem*

Esprit critique

Une connaissance sans recherche a quelquefois des conséquences bien pires qu'une recherche sans connaissance, ou plutôt une proposition cesse d'être une connaissance de la vérité dès qu'on la tient pour établie, dès qu'elle se répand et que l'on n'estime plus nécessaire de mettre à l'épreuve les raisons sur lesquelles elle repose. Il est vrai que les doutes suscités par l'esprit de recherche conduisent quelquefois à la négation de tous les principes et ont souvent une influence terrible sur les mœurs et les actions humaines. Mais la vérité devient préjugé à cause de la paresse ; la foi aveugle avec laquelle nous nous accrochons à certaines opinions sans les examiner conduit à la superstition et au délire qui ne mettent pas moins en péril le bonheur de l'homme. L'athéisme et la superstition, le scepticisme et le fanatisme sont des maladies de l'âme où elle risque de se perdre. Il n'est pas rare que la providence suscite une maladie pour en combattre une autre, afin de rendre la santé au corps. Il nous faut donc écouter sereinement le doute qui s'élève, accueillir toute objection, même si cela menace de ruiner tout notre système de pensée. La pente naturelle des choses est d'aller de la vérité à l'apaisement, de l'apaisement à la paresse et de la paresse à la superstition. Et il faut remercier la providence que l'esprit du doute et de la recherche la plus subtile se réveille qui, rejetant tous les principes établis, fait revenir sur le chemin de la vérité.

1785, *Heures matinales*

État juif

La plus grosse difficulté qui me semble être en travers de ce projet est le caractère de ma nation. Elle n'est pas encore assez préparée pour entreprendre quelque chose de grand.

L'oppression sous laquelle nous vivons depuis tant de siècles a emporté toute la vigueur de notre esprit. Ce n'est pas de notre faute, mais nous ne pouvons pas nier que la pulsion naturelle vers la liberté a perdu en nous toute activité. Cela s'est transformé en vertu monacale et ne s'exprime simplement en *prier* et *souffrir* et non en *agir*. Je ne me promets rien de l'esprit de réunion dans ma nation trop dispersée, sans lequel le projet le plus réfléchi doit échouer. [...]

Sans compter avec toutes ces difficultés, un tel projet me semble réalisable seulement lorsque les grandes puissances européennes seront emportées dans une guerre générale et où chacun doit s'occuper de soi. Dans le calme dans lequel elles vivent actuellement, une seule puissance jalouse (et il y en aurait beaucoup) peut faire échouer le projet. Les croisades malheureuses semblent justifier ce souci.

26 janvier 1770,
« À Rochus, comte de Lynar »

État et Église

L'État et l'Église ont pour but de promouvoir par des dispositions publiques le bonheur de l'homme dans cette vie et dans l'autre. Les deux agissent sur des convictions et des actions des hommes, sur des principes et leur emploi ; l'État en s'appuyant sur des principes fondés sur les rapports entre les hommes, ou entre l'homme et la nature ; et l'Église, la religion de l'État, en s'appuyant sur des raisons fondées sur les rapports de l'homme et de Dieu. L'État traite l'homme comme *fils immortel de la terre* ; la religion comme *image de son créateur.*

Les principes sont libres. De par leur nature, les convictions ne supportent aucune contrainte, aucune corruption. Elles appartiennent à la faculté de connaissance de l'homme et doivent être tranchées selon le critère de la vérité et de l'erreur. Le bien et le mal agissent sur sa faculté d'approuver et de désapprouver. La crainte et l'espoir dirigent ses instincts. La récompense et la sanction dirigent sa volonté, stimulent sa force d'agir, exhortent, séduisent, effraient. Mais si des principes doivent rendre heureux, ils ne doivent être ni imposés par la terreur ni insinués subrepticement. Seul le jugement des forces de l'entendement doit être pris pour valable. Y mêler des idées du bien et du mal signifie faire trancher les causes par un juge incompétent.

1783, *Jérusalem*

État et religion

Il y a donc déjà sur ce point une différence essentielle entre l'État et la religion. L'État ordonne et contraint, la religion enseigne et persuade. L'État prescrit des *lois*, la religion des *commandements*. L'État a une puissance physique et l'utilise si nécessaire ; le pouvoir de la religion est l'*amour* et la *bienveillance*. Celui-ci s'occupe du réfractaire et l'exclut, celle-là le prend en son sein et tente jusqu'au dernier moment de sa vie ici-bas, et pas tout à fait en vain, de l'éduquer ou, à tout le moins, de le consoler. En un mot : la société civile peut en tant que personne morale avoir des *droits de contrainte* et elle les a aussi concrètement obtenus par le contrat social. La société religieuse n'a aucune prétention au *droit de contrainte* et ne peut, par tous les contrats du monde, obtenir aucun droit de contrainte. *L'État possède des droits parfaits, l'Église seulement des droits imparfaits.*

1783, *Jérusalem*

Excès

L'abus des *Lumières* affaiblit le sens moral, conduit à la *dureté*, l'*égoïsme*, l'*irréligion* et l'*anarchie*. L'abus de la civilisation engendre l'*abondance*, l'*hypocrisie*, l'*amollissement*, la *superstition* et l'*esclavage*. Lorsque les Lumières et la Civilisation progressent du même pas, elles sont l'une à l'autre leurs meilleures défenses contre la corruption. Leur façon de corrompre est diamétralement opposée.

La *Culture* d'une nation qui, selon l'explication terminologique donnée plus haut, se compose de *Civilisation* et de *Lumières* sera par conséquent d'autant moins exposée à la corruption.

Une nation *cultivée* ne connaît en elle d'autre danger que l'*excès de félicité nationale* ; il peut en fait déjà, comme la santé la plus parfaite du corps humain, être appelé « maladie » ou être le passage à une maladie. Une nation parvenue par sa *Culture* au point culminant de sa félicité nationale est précisément pour cette raison en danger de s'effondrer parce qu'elle ne peut monter plus haut. Mais ceci nous éloigne beaucoup trop de la question posée.

1784, « Que signifie éclairer ? »

Exclusion

S'il est vrai que ce qu'on appelle le « droit universel de l'Église », je l'admets bien volontiers, a fini par reconnaître le principe important selon lequel un membre exclu d'une église peut être un citoyen fort utile et respecté, le mal n'est pas réparé par ce faible moyen : car en premier lieu, ce citoyen très utile et respecté, qui a peut-être aussi beaucoup de religion intérieure, n'appréciera guère d'être exclu de toutes les assemblées du culte, pas plus qu'il n'aimera être sans religion extérieure. Et s'il a le malheur d'être considéré comme un dissident dans la communauté qui est la sienne, et que sa conscience lui interdit de se joindre à une autre, dominante dans l'État ou seulement tolérée, ce citoyen utile et respecté est extrêmement malheureux lorsque sa communauté religieuse a le droit de l'expulser et que les portes des assemblées de culte lui sont fermées. Et si l'on tient à ce principe, il trouverait peut-être partout les portes fermées, car chaque communauté religieuse pourra le rejeter, puisqu'elle a ce même droit. Mais comment un État peut-il permettre que les lois rendent malheureux un citoyen utile et respecté ? - En deuxième lieu, quelle excommunication, quelle exclusion n'a aucune conséquence civile, aucune influence au moins sur la considération sociale, sur la réputation de l'excommunié et sur la confiance que lui accordent ses concitoyens ? Et sans cette réputation et cette confiance, personne ne peut exercer son métier ni être utile à l'État. Dans la mesure où l'œil même le plus pénétrant lui-même a du mal à percevoir cette distinction subtile entre le civil et le religieux, il est vraiment impossible, dans n'importe quel État, de les indiquer assez fermement et nettement pour que chaque citoyen puisse les voir et qu'elles puissent avoir l'effet souhaité dans la vie civile commune. Ces limites resteront toujours incertaines et vagues et elles exposeront très souvent l'innocent à la persécution et à un zèle religieux aveugle.

Il me semble qu'introduire une contrainte en matière de religion sans porter atteinte au bonheur civil est en politique un problème qui n'a pas encore trouvé sa solution. Comme le mot du juge suprême à Satan (Job, 2, 6) : je te le livre mais épargne sa vie ! Cela revient à dire, ajoutent les commentateurs : cassez le tonneau, mais ne laissez pas le vin s'écouler !

1782, préface à la traduction allemande
de Défense des Juifs de Manasse ben Israël

Exégèse

L'exégèse est une étude excellente. Elle exige autant d'érudition et autant de bon sens, autant de connaissance de l'homme dans ses rapports particuliers, autant de goût et de subtilités justes ; mais ma tête n'est pas faite pour ce genre de recherches et je n'ai jamais été tenté spécialement par cela. Je remercie mon créateur tous les jours qu'il n'a pas fait dépendre mon bonheur d'investigations exégétiques. Je serais la pire créature de la terre si ma religion dépendait pour moi de cet exercice laborieux.

« Remarques contraires
à la Palingénésie de Bonnet »

Exil

J'apprends par le dernier courrier que beaucoup de mes coreligionnaires de Dresde doivent être exilés. Parmi eux, il y en a que je connais personnellement, dont je suis persuadé de l'honnêteté qui, loin de toute fortune et sans doute pas en mesure de payer la charge qu'on leur impose, sont tombés si bas simplement par malchance et non par l'endettement, le gaspillage ou la paresse. Cher Père, bon et bienveillant[1] !, où doivent partir ces misérables avec leurs femmes et enfants innocents ? Où trouver protection et refuge, si leur pays dans lequel ils sont venus à cause de leurs possessions les expulse ? Pour un Juif, le chasser est la condamnation la plus dure, plus que l'expulsion de la province, pour ainsi dire l'extermination de la surface de la terre de Dieu, dont le préjugé le renverra à main armée à toutes les frontières.

19 novembre 1777, « À Friedrich Wilhelm
Baron von Ferber »

Existence de Dieu

Première partie :

L'être nécessaire est vraiment objectivement existant.

Preuve : L'être nécessaire est un concept pensable. Si un concept pensable A objectivement n'est pas B ; alors la proposition « A n'est pas B » peut être pensée subjectivement, car toutes les vérités sont pensables. Donc si l'être nécessaire n'existe pas en dehors de nous, alors la proposition « l'être nécessaire n'existe pas réellement » est pensable subjectivement. Mais cette pensée n'est pas pensable, car le sujet

1. Wilhelm Freiherr von Ferber (1732-1800) était ministre d'État en Saxe.

contredit complètement le prédicat ; donc la proposition est aussi objectivement non vraie, et donc l'être nécessaire dit exister nécessairement.

Deuxième partie

L'être absolument parfait existe vraiment.

Preuve : L'être absolument parfait est impensable sans une existence vraiment objective. Car quelques déterminations positives de l'être absolument parfait sont infinies (sans aucune limitation). Alors quelques déterminations positives *du plus haut degré* ne peuvent être pensées sans les autres déterminations positives de même type. Et donc non, l'être absolument parfait ne peut être pensé sans une existence extérieure réelle qui est une détermination positive. Mais comme l'être absolument parfait est un concept pensable, alors la proposition « l'être absolument parfait n'existe pas » est objectivement fausse, et son contraire, vrai : l'être absolument parfait existe réellement.

1778, « À Johann Daniel Schumann[1],
Johann Bernhard Basedow[2]
et Marcus Herz »

1. Johann Daniel Schumann (1714-1787), théologien, directeur d'un lycée à Hanovre, adversaire de Lessing.

2. Johann Bernhard Basedow (1724-1790), philosophe, théologien, pédagogue, à l'époque directeur du Philanthropinum de Dessau.

F

Fanatisme

Ainsi que le montre malheureusement l'expérience, l'athéisme lui aussi a son fanatisme. Certes, celui-ci n'a peut-être jamais pu servir sans un mélange d'athéisme *intérieur* ; mais que l'athéisme *extérieur, manifeste*, puisse lui aussi devenir fanatique, cela est aussi indéniable que difficile à comprendre. En effet, d'un côté, s'il veut être conséquent, l'athée doit agir par intérêt personnel, mais, d'autre part, il semble conforme à cet intérêt que l'athée prenne parti et ne tente pas de garder le secret pour lui-même. C'est pourquoi on l'a vu prêcher ses doctrines avec l'enthousiasme le plus ardent, s'enrager et même pratiquer la persécution chaque fois que sa prédiction ne trouvait pas d'écho. Ce zèle est terrible lorsqu'il anime un athée déclaré et que l'innocence tombe entre les mains d'un fou furieux, *qui craint tout sauf Dieu.*

1783, *Jérusalem*

Français

Aujourd'hui les Français sont les meilleurs observateurs des mœurs humaines. Ils décrivent les caractères des hommes et savent parfois découvrir les inclinations cachées et les détours du cœur humain qui échappent au philosophe le plus profond. Mais ils doivent se tenir dans leurs limites. Dès qu'ils s'en éloignent et veulent être philosophes plus qu'observateurs, alors il faut les en empêcher. Je pense qu'il y a dans la théorie des mœurs un champ qui n'est pas encore développé : c'est la théorie du caractère.

17 février 1757,
« À Gotthold Ephraim Lessing »

Les Français philosophent avec de l'esprit, les Anglais avec les sentiments et seuls les Allemands ont suffisamment le sang froid pour philosopher avec l'entendement.

27 février 1758,
« À Gotthold Ephraim Lessing »

Frédéric II[1]

Voici les *Poésies diverses* que vous attendez sans doute avec impatience ; vous en aurez déjà lu quelques-unes dans différents journaux...

1. 1712-1786.

Je me garde de juger les poèmes. Le ton d'un panégyriste ne sied pas à un sujet. Mais il peut bien se tenir dans les frontières de la vérité ; il doit ressentir en lui-même un peu de défiance ; il doit penser que son cœur a déjà pris parti avant que l'entendement n'ait jugé. Je vais simplement vous dire ceci : vous trouverez rarement autant de philosophie, chez un poète, des pensées sublimes, de connaissance du cœur humain, du naturel dans les peintures et les images, et autant de tendresse dans les sentiments ; et ce qui est l'ornement le plus grand et rare dans une œuvre de génie, la pure langue du cœur qui ne se renie jamais et qui ne se laisse jamais imiter par l'art. Chaque vers a presque un trait du caractère de ce prince et le tout est un vrai portrait, dans lequel sont décrits de la manière la plus naturelle sa grande âme, son cœur encore plus gros, et même ses faiblesses. La postérité aura le plaisir de faire la connaissance du héros et du père de la nation qu'ils ne peuvent admirer assez dans les actes publics, dans les divertissements du plus délicieux des hommes privés. À peine les devoirs du régent bien remplis, il dépose couronne, sceptre et contrainte de la majesté devant le trône de la sagesse et se rend dans son petit cercle d'amis. Il est lui-même l'ami le plus doux, le compagnon le plus agréable, le maître de maison le meilleur et le juge le plus strict ; il déteste les flatteurs, châtie les libertins, blague ceux qui se plaignent, condamne ses propres fautes et ne hait personne d'autre que les tyrans et les hypocrites, les ennemis du bonheur.

Quelle perte pour notre langue maternelle que ce prince ait l'habitude du français ! Elle posséderait un trésor que nos voisins auraient des raisons de nous envier.

1760, « Compte rendu des *Poésies diverses* »

G

Génie national

Les observations philosophiques des lois, des mœurs, des habitudes et des formes de gouvernement des peuples constituent une partie de la philosophie dans laquelle la politique, la morale et les belles-lettres sont ensemble afin de juger les génies différents des nations et de placer devant le tribunal de la raison des pays entiers ainsi que leurs souverains. Les Anciens nous ont laissé de beaux écrits de ce type qui furent l'éducation des princes, des législateurs, des historiens, des poètes et des philosophes. Récemment, les Anglais et les Français suivirent les pas des Anciens et sont presque arrivés au même point. Un Montesquieu, un Shaftesbury et un Bolingbroke[1] se sont rendus immortels. En revanche, les Allemands, qui ne sont pas aussi libres selon leur forme de gouvernement, et ne sont pas aussi limités que les Français,

1. 1678-1751.

ne peuvent pas montrer un seul ouvrage de ce genre, si on ne veut pas compter les écrits de Frédéric parmi les Allemands. Leurs philosophies se limitent au domaine étroit des idées qu'ils peuvent créer entre les murs de leur université, sans jeter un œil dans le grand monde, et leurs publicistes ne sont ni des philosophes ni des beaux esprits. Les Suisses, seuls nés libres, commencent depuis quelque temps à nous donner des essais de ce type qui certes n'atteignent pas l'original, mais laissent entrevoir un espoir bien fondé.

« Compte rendu
de Johann Georg Zimmermann,
Von dem Nationalstolze »

H

Hébreu

Je vois que nos frères, les enfants d'Israël, ont abandonné notre langue sainte et cela me met en colère. Je ne sais pas comment est arrivé ce mal. À quoi ont-ils pensé, et comment ont-ils pu jeter à terre la fière couronne et ses magnifiques bijoux ? [...] Je vais de tous côtés et ne trouve personne qui s'efforce de restaurer la langue sainte comme jadis. Ils peuvent toujours dire que l'Éternel nous a disséminés à tous les vents dans les pays des peuples qui n'entendront pas notre langue. Comme des serfs dans la maison de leurs maîtres, nous avons appris leur langue et nous avons oublié la nôtre. [...] Inspirons-nous des langues des peuples, selon leurs contrées. Ils ne connurent pas de repos avant d'avoir amélioré leur langue. Pourquoi resterions-nous couchés en rêvant et ne ferions-nous pas comme eux pour notre langue, qui est la première en ce qui concerne le rang et l'âge ?

Koheleth Moussar

Herder, Johann Gottfried[1]

Vous, Monsieur, avez montré que vous comprenez très bien l'hébreu. Peut-être avez-vous aussi quelques connaissances des rabbins. Au moins vous ne semblez pas les mépriser. Vous avez aussi le don de vous mettre quand vous voulez dans la situation et la façon de penser d'autrui pour le juger. Vous êtes alors un juge et critique compétent pour ce que j'ai imprimé.

20 juin 1780,
« À Johann Gottfried Herder »

Moses, l'homme, s'adresse à Herder, l'homme, et non le Juif au Superintendant.

18 mai 1781,
« À Johann Gottfried Herder »

Histoire

Si mes souvenirs sont bons, vous m'avez demandé conseil sur une certaine histoire que vous vouliez écrire et je n'ai pas répondu. Je ne le pouvais pas, car que sais-je de l'histoire ? Je n'ai jamais pu me mettre dans la tête ce qui porte le nom d'histoire, histoire de la nature, histoire de la Terre, histoire des États, histoire savante et je bâille toujours lorsque je dois lire quelque chose d'historique ; cela doit être écrit de façon

1. 1744-1803.

stimulante pour moi. Je crois qu'on ne peut étudier l'histoire sans enseignement.

26 février 1765, « À Thomas Abbt »

Hobbes, Thomas[1]

Thomas Hobbes vivait en un temps où le fanatisme lié à un sentiment désordonné de liberté ne connaissait pas de limite et était sur le point, ce qu'il fit à la fin, d'abattre le pouvoir royal et de renverser entièrement la constitution du pays. Écœuré des désordres civils et enclin par nature à la vie tranquille, spéculative, il vit la plus grande félicité dans la tranquillité et la sécurité, quelle que soit leur origine ; il ne la trouva nulle part ailleurs que dans l'unité et l'indivisibilité du pouvoir suprême de l'État. [...]

Il y a au fond beaucoup de vérité dans toutes les affirmations de Hobbes et les conséquences absurdes auxquelles elles conduisent découlent simplement de l'exagération avec laquelle il les a présentées par amour du paradoxe ou conformément aux besoins de son temps. Les concepts de droit naturel étaient en partie, de son temps encore, trop peu éclairés et, en ce qui concerne la philosophie morale, Hobbes a eu le même mérite que Spinoza pour la métaphysique. Son erreur perspicace a provoqué la recherche. On a mieux développé les idées de droit et de devoir, de pouvoir et d'obligation ; on a appris à mieux différencier la

1. 1588-1679.

faculté physique de la faculté morale, la violence du licite, et on a tellement lié ces différences intimement avec la langue qu'aujourd'hui la réfutation du système de Hobbes semble aller de soi et être pour ainsi dire déjà accomplie par la langue. Ceci est la propriété de toutes les vérités morales. Dès qu'elles sont mises en lumière, elles se rencontrent tellement dans la langue de tous les jours et se relient avec les concepts quotidiens des hommes, qu'elles éclairent le bon sens et nous nous étonnons maintenant d'avoir pu, jadis, vaciller sur un chemin tellement aplani. Nous ne réalisons pas l'énergie qu'il en coûta d'égaliser de la sorte ce sentier à travers la nature sauvage.

1783, *Jérusalem*

Homme et le citoyen (L')

La destination de l'homme peut être divisée en 1) destination de l'homme considéré comme *homme* et 2) destination de l'homme comme *citoyen*.

Par rapport à la civilisation, ces deux destinations coïncident du fait que toutes les perfections pratiques n'ont de valeur que par rapport à la vie sociale ; elles doivent donc correspondre uniquement et seulement à la destination de l'homme, comme membre de la société. *L'homme en tant qu'homme n'a pas besoin de civilisation, mais il a besoin de lumières.* [...]

Les lumières qui intéressent l'homme en tant qu'homme sont universelles, sans distinction de conditions ; les *lumières* de l'homme considéré comme citoyen se modifient selon la condition et la profession. La destination de l'homme fixe ici une fois de plus la mesure et le but de ses efforts. [...]

Sans ces destinations essentielles, l'homme retombe au niveau de la bête ; sans les destinations accessoires, il n'est pas une créature aussi bonne et magnifique. Sans les destinations essentielles de l'homme en tant que citoyen, la constitution de l'État cesse d'exister ; sans les destinations accessoires, elle ne reste plus la même dans certaines circonstances secondaires.

Malheureux l'État qui doit s'avouer qu'en son sein la destination essentielle de l'homme n'est pas en harmonie avec la destination essentielle du citoyen, que les lumières, indispensables à l'humanité, ne peuvent pas s'étendre à toutes les conditions de l'empire sans que la constitution ne risque d'être ruinée.

Que la philosophie ici se taise. La nécessité peut dans ce cas prescrire des lois ou plutôt forger des fers qui doivent être mis à l'humanité pour la courber et la tenir constamment opprimée.

Mais si les destinations accessoires de l'homme entrent en conflit avec les destinations essentielles ou nécessaires du citoyen, alors il faut fixer des règles selon lesquelles les exceptions doivent être acceptées et les cas de collision tranchés. [...]

« Plus une chose est noble dans sa perfection, dit un écrivain hébreu[1], plus elle est horrible dans sa décomposition. » Un

1. Talmud, *Yadayim*, IV, 6.

morceau de bois pourri n'est pas aussi rebutant qu'un animal pourri, et celui-ci est moins affreux qu'un homme en train de se décomposer. Il en est de même avec la *Civilisation* et les *Lumières*. Plus elles ont été nobles pendant leur période de floraison, et plus elles sont détestables lorsqu'elles se décomposent et se corrompent.

1784, « Que signifie éclairer ? »

Hume, David[1]

J'ai lu *L'Histoire de l'Angleterre* de Hume. Incomparable ! Ce qui me plaît le plus chez lui est l'art et la manière avec lesquels il développe caractères et événements. Son esprit douteur lui a rendu une aide parfaite. Il montre les deux, le bon et le mauvais côté de son caractère, qui [montrait] des causes déterminées et accidentelles de chaque événement.

Je suis toujours réservé face à un historien qui représente les caractères immuables et les causes et effets tellement accordés comme dans un roman. Sa manière d'écrire est incomparable. Dites-moi si je me trompe si je le compare du point de vue de l'exposé avec Salluste. La concision mesurée, la même clarté et énergie, la même dignité dans les convictions.

Mais il semble se plaire plus dans les considérations philosophiques que dans les récits. En cela il court le danger de fatiguer le lecteur. Il est vrai qu'il lui permet de bien juger les intérêts de l'État des Anglais, et le mélange des principes

1. 1711-1776.

religieux et politiques des différents partis. Néanmoins, il revient trop souvent à cette question. Et file rapidement sur les événements, comme s'ils étaient secondaires. Son jugement sur les écrivains est assez équanime.

2 novembre 1762, « À Thomas Abbt »

I

Illusion sensible

Au fond, l'illusion sensible a la même source que l'erreur ; simplement, la première relève des notions implicites, tandis que la seconde appartient au domaine des notions explicites ou analysées. La première, l'illusion sensible, est proche de la connaissance immédiate et elle est d'autant plus irrésistible. Les jugements incorrects, les fausses inférences peuvent être améliorés par l'usage correct de l'entendement et transformés en vérités. Mais l'illusion sensible reste immuable, si persuadés que nous soyons que la couleur verte résulte du mélange du bleu et du jaune, qu'une tour que nous voyons au loin n'est pas ronde comme elle nous le semble, ou si assurés que nous soyons avec Copernic que ce n'est pas le Soleil qui tourne autour de la Terre, mais la Terre autour du Soleil. L'illusion sensible persiste et notre conviction ne la modifie pas. Cette illusion est trop proche de la connaissance immédiate pour pouvoir être rectifiée par l'exercice de l'entendement et de la raison.

1785, *Heures matinales*

En un mot, l'illusion des sens et l'erreur de la raison ont une seule et même origine, elles viennent toutes les deux d'une faiblesse de la connaissance, de la limitation de notre faculté de représentation, qui provoque dans un cas une perception fausse d'un objet et dans l'autre une erreur. Nous pouvons donc répondre à notre première question en énonçant la proposition universelle suivante : *La vérité est une connaissance fondée sur une faculté positive de notre âme : la fausseté au contraire est une pensée qui porte la marque de l'impéritie, du fait des limites de notre puissance positive.*

1785, *Heures matinales*

Imitation

Charles Batteux[1], aussi pénétrant connaisseur et juge des belles-lettres qu'écrivain agréable, affirme, après beaucoup d'autres, que *l'imitation de la nature* est le moyen général par lequel les beaux-arts nous plaisent. Et il croit pouvoir déduire de cet unique principe toutes les règles particulières des belles-lettres. Entre ses mains, tout devient imitation de la nature, et il n'a pas pu être très difficile à un auteur aussi

1. 1713-1780.

charmant que Batteux de ramener les plus belles pensées et les phrases les plus riches d'enseignement au principe le plus stérile. [...]

Accorder que l'imitation de la nature est la seule raison pour laquelle les beaux-arts nous plaisent, est-ce faire plus que repousser notre ignorance d'un cran ? Si l'on demandait à Batteux quel moyen la nature a utilisé pour nous plaire, si on lui demandait pourquoi l'imitation nous plaît, ne serait-il pas embarrassé comme ce philosophe indien par cette question célèbre : *et sur quoi repose la grande tortue ?*

Et qu'on ne nous renvoie pas à la volonté immédiate de Dieu. Il ne faut pas créer, comme ce philosophe anglais, un nouveau sens, dont le Très-Haut aurait doté notre âme par des vues sages, mais pas par des moyens sages. Ce serait là couper le fil de toute recherche raisonnable. On doit distinguer le système des desseins du créateur du système des causes efficientes. Le créateur tout-puissant a choisi les fins les plus parfaites, mais il les a réalisées par l'institution la plus sage des causes efficientes.

1757, « Méditations sur les sources
et les liaisons des beaux-arts
et des belles-lettres », *La Correspondance*

Les critiques de M. Batteux sont fines et montrent un goût très délicat. Puisque cet écrivain ne cite, en dehors des vieux auteurs, que les meilleures têtes de son peuple dans son œuvre, et comme il semble ne pas connaître, ou ne pas vouloir connaître des étrangers, il nous semble que son goût est quelque peu amolli et même gâté. Lorsque l'on veut atteindre au goût universel qui reconnaît et admire la vraie beauté sous toutes les formes et incarnations possibles, on ne doit pas seulement citer le génie de son propre peuple mais aussi tenir compte du génie des différents peuples.

« Recension de la traduction
par Ramler de l'*Introduction
dans les Belles-Lettres* »

Immortalité de l'âme

Le deuxième travail (que je propose) consiste dans une idée que je caresse depuis des années. Il s'agit d'écrire un *Phédon, ou Dialogue sur l'immortalité et l'âme humaine* d'après le plan de Platon et sans utiliser autre chose que le plan de Platon, qui est véritablement superbe. En effet son raisonnement ne convainc pas et un lecteur actuel n'y trouve rien que de l'obscurité et des sophismes là où les amis de Socrate trouvaient lumière et conviction. Soit que notre époque - ainsi que quelques-uns le croient - soit difficile à convaincre ; ou bien, ce que je crois, nous comprenons mal ses termes métaphysiques dont nous nous faisons des concepts faux, dans la mesure où les critiques et ceux qui font des lexiques doivent chercher les mots dans les domaines de la poésie ou de l'histoire. J'ai donc décidé pour une partie de rendre plus expressives et convaincantes les preuves de Platon par des petites modifications et, pour l'autre partie, d'ajouter quelques preuves que la philosophie nouvelle nous offre dont le nombre et le poids ne sont pas minimes. La première partie est achevée dans laquelle est exposée la preuve de l'imputrescibilité de l'âme.

5 juillet 1763, « À Isaak Iselin »

Induction

L'induction partielle est une grande source de la tromperie des sens. Nous unissons les impressions de différents sens et dès que nous prenons conscience de l'impression de l'un, nous attendons l'impression de l'autre. La vue et le toucher sont si souvent liés que nous nous attendons à un toucher semblable dès qu'un objet semblable frappe nos yeux. Nous supposons une ressemblance extérieure. Nous inférons des conséquences semblables parce que nous avons perçu très souvent le lien entre deux phénomènes. Nous inférons le signifié à partir du signe, un lien de causalité entre eux à partir de leur succession et de leur corrélation ; nous nous en remettons à des inductions partielles qui sont toujours susceptibles de nous tromper. Tout cela vient d'un usage incorrect de nos facultés, à strictement parler d'inférences logiques imparfaites qui, développées, sont de même nature que les erreurs. Tant qu'elles restent cependant implicites, tant qu'elles sont ainsi immédiatement liées à la connaissance sensible, elles ont la puissance irrésistible de la certitude sensible et aucun exercice des facultés supérieures de l'âme ne peut les modifier.

1785, *Heures matinales*

Infini

Tout en l'homme atteste l'infini. Chacune de ses sensations contient de la matière pour un développement infini ; chacun de ses désirs va vers l'infini [...]. Mais veut-on savoir de manière plus compliquée sous quelles formes nous durerons, dans quelle région, avec quel corps spirituel, avec quels sens et membres nous vivrons et agirons là-bas ? Alors ma raison simple doit reculer avec les doigts sur la bouche. Elle ne peut nous donner aucune certitude satisfaisante sur le détail de notre destin pour les jours à venir. Comment saurait-elle dire à l'avance et même oser ne serait-ce que des prédictions à cette distance et avec un tel changement de notre existence complète ? Et la révélation elle-même ne peut rien nous enseigner là-dessus ; car elle parlerait dans une langue que nous ne comprenons pas, supposerait des idées centrales que nous n'avons pas.

« Commentaire sur la correspondance
avec Thomas Abbt »

Inné et acquis

Dans l'un de ses écrits posthumes, Helvétius a cherché à justifier la proposition mal comprise selon laquelle notre connaissance humaine vient des sens. Comme il limite la connaissance au fonctionnement des sens extérieurs et veut expliquer toutes les notions que nous nous faisons par un jeu de fibres du cerveau, il croit devoir refuser à l'âme toute notion générale. Tout est impression sensible dans le cerveau et pour surmonter la difficulté constituée pour lui par le langage, dont tous les mots désignent des notions générales, il dit que le langage n'est qu'une connaissance de signes : tout comme en algèbre les signes ou les nombres du calcul ne contiennent rien d'intuitif et ne peuvent conduire à des déductions correctes qu'en tant que symboles, par déplacement et comparaisons, les mots peuvent, en tant que signes et symboles dépourvus de contenu, servir à penser et à construire un discours rationnel. Tout comme nous nous contentons en algèbre de la conviction de pouvoir à notre guise attribuer à un signe une valeur déterminée, et que le résultat obtenu à partir de cette valeur déterminée sera exactement le même que le résultat du calcul sur les signes, de la même manière, dit-il, nous nous sommes contentés d'utiliser le langage en étant certains de pouvoir désigner par chaque mot une impression sensible d'un certain genre, sans penser ni imaginer voir en ce mot davantage qu'un signe vide. Nous supposons simplement que les impressions sensibles sont liées entre elles de la même manière que nous avons lié entre eux les mots ou les signes de ces impressions, mais nous ne pensons jamais que les impressions sensibles dont les mots sont les signes. Dans cette hypothèse, le langage humain tout entier ne serait qu'un ensemble de signes vides, algébriques, que nous déplaçons et combinons selon certaines règles.

1785, Heures matinales

Intolérance[1]

Partout ici, je vis de manière tellement étroite dans ce pays soi-disant tolérant, limité de tous les côtés par la vraie intolérance, au point que pour l'amour de mes enfants je les enferme toute la journée dans une fabrique de soie - comme vous dans un couvent -, et je ne peux pas sacrifier assidûment les muses comme je le voudrais, si mon prieur ne m'y autorise pas. Je chemine parfois le soir avec ma femme et mes enfants. « Papa, crie l'innocence, que crie après nous ce gars ? Pourquoi ils nous jettent des pierres par-derrière ? Que leur avons-nous fait ? » « Oui, cher papa, dit un autre, ils nous poursuivent toujours dans les rues et injurient : « Juifs ! Juifs ! » Est-ce une injure pour ces gens que d'être juif ? Qu'est-ce qui dérange les autres ? » Je ferme les yeux et soupire en moi-même : Hommes ! Hommes ! jusqu'où vous vous êtes laissés entraîner ?

20 juillet 1780, « À Peter Adolph Winkopp[2] »

Ah vous mes frères, vous n'avez jusqu'ici que trop senti le joug de l'intolérance et peut-être avez-vous cru trouver une sorte de satisfaction à l'idée de vous voir accorder la force d'imposer un joug aussi dur à ceux qui vous sont soumis. La vengeance cherche à se satisfaire et, si elle ne peut faire

1. Voir également l'entrée « Tolérance ».
2. Peter Adolph Winkopp (1759-1813), bénédictin du couvent d'Erfurt.

de mal à personne d'autre, elle ronge sa propre chair. Peut-être vous êtes-vous laissés séduire par l'exemple de tous les peuples. Jusqu'à présent, tous les peuples de la terre semblaient nourrir l'illusion que l'on ne pouvait maintenir la religion que par une poigne de fer ; que les enseignements du salut ne pouvaient être diffusés qu'au moyen d'une persécution maligne, et que la notion vraie de Dieu, qui, de l'aveu général, est amour, ne peut se transmettre qu'en exerçant la haine. Vous vous êtes peut-être laissés égarer à la croire, et que le pouvoir de persécuter était le plus grand privilège que vos persécuteurs pouvaient vous accorder. Remercier le Dieu de vos pères, le Dieu qui est l'amour et la miséricorde même, que cette illusion semble peu à peu se dissiper. Les nations se tolèrent et se supportent, et elles font également preuve d'amour et de miséricorde envers vous qui pouvez, soumis à celui qui guide le cœur des hommes, vous élever progressivement au vénérable amour fraternel. Ô mes frères ! suivez l'exemple de l'amour comme vous avez suivi jusqu'à présent l'exemple de la haine ! Imitez la vertu des nations dont vous avez cru jusqu'à présent devoir imiter le manque de vertu. Si vous voulez être aimés, tolérés et épargnés par les autres, aimez-vous, tolérez-vous et épargnez-vous les uns les autres ! Aimez et vous serez aimés !

1782, préface à la traduction allemande
de *Défense des Juifs* de Manasse ben Israël

J

Jacobi, Friedrich Heinrich[1]

Sœurs et frères en esprit et en vérité.

Je vois bien que j'ai mal considéré Jacobi. Je le tenais pour un bel esprit qui de temps en temps regarde quelques nouvelles philosophiques et je m'aperçois qu'il s'agit d'un homme dont la pensée est l'occupation principale, qui se sent les forces nécessaires pour déchirer les liens habituels et va sur son propre chemin.

Je ne comprends pas tout, peut-être même le minimum, dans l'article que vous avez eu la gentillesse de m'envoyer. À la première lecture, la suite dans les idées m'est étrangère, la richesse d'images dans ses représentations trop aveuglantes et les lacunes entre elles trop flagrantes en sorte que je reste interdit et ne m'y retrouve pas. Après 50 ans,

1. 1743-1819.

l'âme a creusé profond ses sillons et n'en prend pas facilement de nouveaux.

18 novembre 1783,
« À Elise et Johann Albert
Heinrich Reimarus »

J'espère donc je suis

Le philosophe [Descartes] aurait pu dire aussi justement : « J'espère donc je suis » ; « Je crains donc je suis », etc. Selon sa théorie, toutes les modifications qui ont lieu à l'intérieur de nous ont la caractéristique commune qu'il nomme « pensée ». Il les englobe donc toutes dans l'expression générale : « Je pense. » Quant à l'*existence*, si nous partons de nous-mêmes, comme nous devons nécessairement le faire dans toutes nos connaissances, elle est seulement une manière générale de désigner le fait d'*agir* et de *pâtir*. À chaque instant de notre vie, nous sommes conscients d'agir ou de pâtir et nous appelons existence le caractère commun à l'action et à la passion. J'ai en moi des notions et des sensations (*Empfindungen*), je suis donc un être qui comprend et qui sent. J'agis ou je pâtis, donc j'existe réellement. Si je dois nécessairement, par la conviction la plus évidente, être premier, une conséquence nécessaire en est que l'on ne saurait mettre en doute le fait que j'agis et que je pâtis.

1785, *Heures matinales*

Jérusalem

Jérusalem est un petit livre d'une espèce particulière sur lequel j'aimerais bien avoir votre avis. Ce qui est certain, c'est qu'il est d'une composition que ni les orthodoxes ni les hétérodoxes des deux nations [chrétienne et juive] n'avaient attendue.

En effet, tous attendaient de la polémique religieuse et, selon ma mauvaise habitude, je cherche à chaque pas la matière spéculative que je peux utiliser et oublie les points de litige. Cela ne plaît pas à la majorité des lecteurs, mais qui écrit pour la majorité des lecteurs ?

14 juin 1783, « À Herz Homberg »

Je suis celui qui est

Traduction. Dieu dit à Moïse : « Je suis celui qui est éternel. » Il dit : « Tu diras précisément aux enfants d'Israël, que l'existence éternelle, celle qui se nomme elle-même "Je suis éternel", m'a envoyé à vous. »

Commentaire. Ehyeh asher ehyeh. Le midrash dit : « Le Saint, béni soit-il, dit à Moïse : "Dis-leur *Je, j'étais*, et maintenant *Je suis le même* (*Deut.* 32, 39) et *je serai le même dans le futur* (*Ex. R.* 3, 6)". » Doubno[1] ajoute : « De plus, nos rabbins disent : "Dans cette situation difficile, je serai auprès de vous comme je serai dans la servitude des autres royaumes". Par là ils pensent : le temps passé et le temps futur sont présents chez

1. Salomon ben Joel Doubno (1738-1813).

le Créateur. Chez lui il n'y a ni de changement ni d'écart de temps (*Job* 10,17), et aucun jour ne passe, c'est pour cela qu'on l'appelle de tout temps avec un seul nom, *ehyeh* qui englobe *était*, *est* et *sera*. Par là, il renvoie à la présence nécessaire, et renvoie également à la providence permanente, lorsqu'il disait avec ce nom : je suis auprès des hommes pour donner la grâce et la miséricorde avec qui je suis miséricordieux (*Ex.* 33, 19). Alors tu peux leur dire, à Israël, que j'étais, suis, serai celui qui règne sur le tout, qui prévoit tout. Je suis celui-là, je serai aussi avec vous dans nos difficultés (*Is.* 63, 9), à chaque fois que vous m'appellerez. (I, *Roi*, 8, 50). En allemand, il n'y a pas de terme qui contient en même temps la signification de tous les temps et celle de la providence, comme ce nom : *l'existence éternelle, nécessaire et providentielle*. On a traduit *l'Éternel*, ou *l'existant éternel*.

« Commentaire de la Bible (*Ex.* 3, 13) »

Jésus

C'est un préjugé ancré de vos coreligionnaires, que les Juifs insultent la religion des chrétiens et son fondateur [...]. Ce n'est pas correct de votre part, plus cher ami des hommes, d'avoir l'air de favoriser de tels préjugés qui sont un reste de l'ancienne barbarie, et de réveiller par de simples figures de rhétorique la haine religieuse que nous cherchons de plus en plus à réduire. Je dis « simple figure de rhétorique » car je sais que vous êtes très loin dans votre cœur de ces pensées misanthropes [...]. J'ai le plaisir de connaître beaucoup de mes coreligionnaires qui ont une sage modération et qui ne se permettent ni blasphème ni affront. J'en connais aussi certains qui m'accompagnent plus loin et qui reconnaissent les énoncés des témoignages chrétiens (mais, je répète, nous n'avons pas de témoignage juif qui serait crédible) concernant l'innocence de ce fondateur de religion ainsi que la bonne morale de son caractère coreligionnaire, mais à la condition expresse que : 1) il n'a jamais voulu se mettre à la même place que le père, 2) n'a jamais donné sa personne comme sainte, 3) il s'ensuit qu'il n'a jamais prétendu à l'honneur d'être adoré, 4) qu'il n'a pas voulu renverser la religion de ses pères, et qu'il semble avoir affirmé publiquement le contraire à beaucoup d'occasions. [...]

Et ce qui est dit d'un messie que je dois attendre n'est pas totalement ce que je pense. Un messie spirituel signifie, autant que je sache, un rédempteur, par lequel nous espérons être sauvés, et je n'attends rien de tel. En effet, je ne peux être sauvé que par Dieu *directement.* Le messie, tel qu'il est décrit dans l'article, est, selon mes principes, un messie terrestre et je n'attends aussi rien de lui qu'il doive être *universi terrarum orbis rex, omniumque gentium supremus et legislator et judex* (« Roi de l'univers entier législateur et juge suprême de toutes les nations »).

15 janvier 1771, « À Johann Kaspar Lavater »

Judaïsme

C'est vrai, je ne reconnais aucune autre vérité éternelle que celles qui peuvent être non seulement compréhensibles par la raison humaine, mais encore exposées et vérifiées par des forces humaines.

C'est simplement une mauvaise conception du judaïsme lorsqu'on pense que je ne pourrais pas affirmer cela sans m'écarter de la religion de mes pères. Bien plus, je considère cela comme un point essentiel de la religion juive et je crois que cette doctrine constitue une différence caractéristique entre celle-ci et la religion chrétienne. Pour le dire en un mot : je crois que le judaïsme ne connaît pas de religion révélée au sens où les chrétiens l'entendent. Les Israélites ont une *législation* divine : lois, injonctions, commandements, règles de vie, enseignement de la volonté de Dieu concernant la manière dont ils doivent se comporter pour obtenir la félicité temporelle et éternelle ; ces propositions et prescriptions leur ont été révélées par Moïse d'une manière miraculeuse et surnaturelle ; mais on ne nous a pas révélé des doctrines, des vérités salvifiques ni d'axiomes raisonnables universels. L'Éternel nous révéla ces derniers, comme aux autres hommes, en tout temps, par la *nature* et les choses, jamais par la *parole* et les *signes* écrits.

Je crains que cela étonne et semble nouveau et rude à certains lecteurs. On n'a jamais prêté attention à cette différence ; on a pris *législation surnaturelle* pour *révélation religieuse surnaturelle*, et on a parlé du judaïsme comme s'il était simplement une révélation plus ancienne des propositions et doctrines religieuses nécessaires au salut.

1783, *Jérusalem*

La religion de mes pères ne connaît aucun de ces secrets que nous devons croire et ne pas comprendre. Notre raison peut tranquillement partir des premiers principes certains de la connaissance humaine et être assurée de rencontrer à la fin la voie de la religion. Ici, il n'y a aucun combat entre la religion et la raison, pas de révolte de notre connaissance naturelle contre le pouvoir asservissant de la foi. Leurs chemins sont des chemins délicieux et tous les détours sont pacifiques. En réalité, la religion des Israélites n'a que trois axiomes principaux : 1) *Dieu*, 2) la *providence*, 3) la *législation*.

« Remarques contraires
à la *Palingénésie* de Bonnet »

K

Kant pour ami

J'ai commencé votre Dissertation[1] avec la plus grande impatience, et je l'ai lue avec un vrai plaisir, bien que, depuis longtemps, je sois, en raison d'une faiblesse nerveuse, à peine en état de penser quelque chose de cette valeur dans le domaine spéculatif avec l'attention nécessaire. On le voit, ce petit écrit est le résultat de fort longues réflexions, et il faut y voir un élément d'un vaste édifice théorique, propre à son auteur qui n'a voulu tout d'abord en montrer que quelques aspects. Même l'apparente obscurité qui en grève encore certains passages révèle à un lecteur exercé qu'il y a là un rapport à un tout qui ne lui a pas encore été exposé. Cependant, il serait à souhaiter pour le bien de la métaphysique, qui est actuellement tombée si bas, que vous ne nous sevriez pas trop longtemps du fonds de vos réflexions. La vie humaine est courte et la fin

1. *De mundi sensibilis atque intelligibilis forma et principiis*, 1770.

nous surprend si facilement, tandis que nous avons toujours projet de faire mieux. Et pourquoi auriez-vous tant de honte de répéter quelque chose qui a été dit avant vous ? Mis en relation avec vos propres réflexions, l'ancien lui-même apparaît toujours sous un autre angle et il offre des perspectives auxquelles on n'a pas encore pensé. Puisque, en outre, vous avez éminemment le talent d'écrire pour de nombreux lecteurs, on espère que vous ne vous limiterez pas toujours aux quelques adeptes qui ne se préoccupent que de ce qui est neuf et savent deviner l'implicite de ce qui est à moitié dit. [...]

Je ne me fusse pas ainsi risqué à juger avec tant de liberté votre ouvrage, cher Monsieur, si M. Herz ne m'avait instruit de votre vrai sentiment philosophique et ne m'avait donné l'assurance que vous étiez fort éloigné de prendre mal une telle franchise. Cette sincérité se rencontre si peu chez les adulateurs, elle est cependant, d'ordinaire, le signe distinctif des esprits qui savent penser par eux-mêmes. Celui qui a éprouvé à quel point il est difficile de trouver la vérité et de se convaincre que c'est bien elle qu'on a trouvée, celui-là est toujours enclin à faire preuve de tolérance à l'égard de ceux qui pensent différemment. J'ai l'honneur, avec la plus profonde considération, d'être, cher Monsieur et très vénéré Professeur, votre plus dévoué et plus zélé serviteur ».

25 décembre 1770,
« À Emmanuel Kant »

L

Laïcité

« Qui donc décidera, des juges juifs ou des juges chrétiens ? » Je réponds : les juges nommés par l'autorité. Peu importe qu'ils soient de religion juive ou d'une autre. Dès que les membres d'un État, quelle que soit leur opinion sur les questions religieuses, jouissent de droits égaux, cette différence ne peut avoir aucune conséquence. Le juge doit être un homme de conscience et comprendre les droits selon lesquels il doit rendre la justice à ses semblables. Qu'il pense en matière de religion selon la doctrine qu'il trouve bonne : si l'autorité politique le tient pour apte à la fonction de juge et le nomme, ses jugements doivent nécessairement être valides. Ne confions-nous pas notre santé, notre vie, à un médecin, sans nous soucier de nos différences de religion ? Pourquoi alors ne pas confier notre sort à l'arbitrage d'un juge ?

1782, préface à la traduction allemande
de *Défense des Juifs* de Manasse ben Israël

Langue française

Je vous supplie, Monsieur ! de bien avoir la bonté d'en retoucher un peu le style, de rendre mes expressions conformes aux règles de la langue française ; cette langue m'est étrangère et je sens bien que je m'y exprime d'une manière louche et peu correcte.

« À Jean-André de Luc[1] »

Leibniz et Spinoza

Spinoza avant Leibniz affirma les principes essentiels de l'harmonie préétablie. [...]

Cette phrase : l'ordre et la connexion des idées sont identiques à l'ordre et la connexion des choses. Cette proposition que vous avez expliquée selon le sens de Spinoza sera démontrée autrement dans le système de Leibniz que dans celui de Spinoza. Mais cette proposition a-t-elle une autre signification en et pour soi chez Spinoza et chez Leibniz ? Explique-t-il ces termes autrement ? Comprend-il avec choses, concepts et ordre quelque chose d'autre que ce que tout le monde comprend ? Les effets et les causes se suivent les uns après les autres selon leur ordre.

Mai 1763, « À Gotthold Ephraim Lessing »

1. Lettre en français.

Lessing, Gotthold Ephraim[1]

Et maintenant la mort de Lessing. Le seul homme chez lequel en trente ans je n'ai pas trouvé la moindre trace de cette pensée [la pensée spinoziste], qui durant tout ce temps est resté un cœur complet, toujours le même, mon ami et bienfaiteur. La mort de cet ami, avec lequel pour ainsi dire j'étais habitué à vivre, a provoqué dans mon cœur une profonde blessure ; et c'est un vrai réconfort pour mon âme que vous éprouviez un même manque dans votre cœur et que vous pensiez remplir le mien par un rapprochement.

15 mars 1781, « À Johann Gottfried Herder »

Pas un mot, mon cher, sur notre perte, de la grande défaite subie par notre cœur. Le souvenir de cet homme que nous perdons m'est trop saint pour le profaner par des plaintes. Il m'apparaît désormais dans une lumière qui répand sur les objets une lumière, le repos et la sérénité rafraîchissante. Non, je ne compte plus ce que j'ai perdu par son départ. Je remercie la providence avec un cœur ému pour le bienfait d'avoir connu si tôt dans la fleur de ma jeunesse un homme qui a éduqué mon âme, qui était comme un ami et un juge pour tous mes projets, pour chaque ligne que je voulais écrire, et que je me représenterai encore comme ami et juge à chaque fois que j'aurai à faire un pas important. Si un peu de mélancolie se mêle à cette considération, c'est sans doute le regret de ne

1. 1729-1781.

pas avoir utilisé sa conduite comme il fallait, de ne pas avoir été assez avare pour sa fréquentation riche en enseignements, d'avoir négligé plusieurs heures durant lesquelles j'aurais pu m'entretenir avec lui.

« À Karl Gotthelf Lessing »

Liberté politique

Même si toutes les raisons étaient réunies pour accorder aux Juifs une participation égale aux droits de l'humanité, on ne saurait admettre que, dès leur triste condition actuelle, ils ne puissent pas être utiles à l'État ou que l'augmentation de leur nombre lui soit préjudiciable. Ici encore les arguments de Manasse [ben Israël][1] dans l'ouvrage qui suit méritent d'être pris en compte, car après tout il ne pouvait rechercher en son temps que l'accueil d'un nombre très limité de ses frères en Angleterre.

Et la Hollande donne un exemple qui peut dissiper tous les doutes à cet égard. Personne ne s'y est encore plaint de l'augmentation du nombre de Juifs, bien que les moyens d'acquérir des biens soient comptés aussi chichement et leurs libertés presque aussi limitées que dans bien des provinces d'Allemagne. « Oui, dit-on, la Hollande constitue une exception, car c'est un État marchand, qui ne saurait avoir

1. Mendelssohn publia une préface à la traduction par Marcus Herz du *En défense des Juifs* de Manasse ben Israël (1782), qui datait de 1290, traduit en français sous le titre *Justice pour les Juifs* par Lionel Ifrah (Le Cerf, 1995).

trop de marchands. » Bon ! Mais j'aimerais savoir si c'est le commerce qui a attiré les gens là-bas ou si ce n'est pas, à l'inverse, les gens qui ont attiré le commerce ? Comment se fait-il que tant de villes du Brabant et des Pays-Bas, qui ont autant d'occasions de commercer que la ville d'Amsterdam et peut-être de bien meilleures, lui soient néanmoins inférieures à cet égard ? Pourquoi les hommes se rassemblent-ils là, sur une terre stérile, et même sur un marais inhabitable, et le transforment-ils par la diligence et l'industrie en un jardin de Dieu en s'inventant les moyens d'une heureuse subsistance, dont nous ne pouvons que nous émerveiller ? La liberté, la douceur du gouvernement, l'équité des lois et l'accueil avec lesquels ils reçoivent et protègent toutes sortes d'hommes, de costumes, d'opinions, de mœurs, d'usages et de religions différentes - tout cela et rien que cela a engendré en Hollande des bénédictions presque trop grandes, une surabondance de biens, qui font que ce pays est tant envié.

1782, préface à la traduction allemande
de *Défense des Juifs* de Manasse ben Israël

Liberté de penser

Il est néanmoins indéniable que l'on ne saurait combattre cette anarchie sans que le despotisme, avec toutes ses suites dangereuses, ne fasse son apparition. Dans toute république, l'esprit de contestation n'est pas seulement une conséquence nécessaire de la liberté et du bien-être général, il les soutient aussi souvent avec bonheur. Tous les républicains n'ont pas la capacité de gouverner, ni de conseiller le chef ; mais la liberté veut que chacun donne son opinion, si étrange qu'elle soit, afin que personne ne fasse passer sa propre volonté pour un conseil avisé et ne l'impose à ses concitoyens. Il en est de même pour la liberté en philosophie. Puisque tout le monde n'a pas la capacité d'éprouver les propositions des philosophes, il vaut mieux que chacun juge d'après sa médiocre compréhension, plutôt que de reconnaître un pape en philosophie et comment il se fait que la certitude qui règne dans les premiers fondements de la philosophie n'a pas suscité une adhésion universelle.

1764, *Traité sur l'évidence*
dans les sciences métaphysiques

Sous le gouvernement d'un Frédéric, rayonne la *liberté de penser* dans une beauté presque républicaine ; mais vous savez le peu de part que mes frères de foi sont habitués à jouir des libertés du pays. L'oppression civique à laquelle nous condamne un préjugé habituel ancré de longue date pèse comme un poids mort sur l'essor de l'esprit et les rend incapables de tenter au moins une fois le haut vol de ceux qui sont nés libres.

30 mai 1762, « À Isaak Iselin »

Logique

La science de la logique est construite sur les bases de la vérité démontrée. Elle ressemble à la géométrie, aux mathématiques et à l'astronomie dans lesquelles il n'y a pas de possibilité de dévier de la voie de la vérité, à droite ou à gauche. Les règles de la logique ne contiennent rien qui mène à l'erreur et ne détourne en rien du chemin de Dieu, car elles sont trop éloignées de la religion, de la croyance et des fondements de la Torah : elles n'ont rien à voir avec les commandements. Tous les habitants de la terre avec toutes leurs différences de mœurs, d'opinions et de religions s'accordent avec les règles des logiciens. Le but de cette science n'est pas la décision entre le vrai et le faux ou même entre le bien et le mal, mais de nous donner la voie par laquelle nous arriverons à la différence entre le vrai et le faux et le bien et le mal.

« Introduction à la logique de Maïmonide »

Tu vas te dire : cette science n'a-t-elle pas été créée par le grec Aristote et ses élèves ? Qu'ai-je à faire avec le fils de Nicomaque, pour que je doive attendre devant sa porte et entendre de lui les règles de la pensée rationnelle ? Nos maîtres, les décisionnaires ne nous ont-ils pas mis en garde de le suivre et ne nous ont-ils pas interdit de lire ses livres ? En effet, ils appartiennent aux livres profanes qui séduisent le cœur avec des opinions fantaisistes et des idées fausses. Et lorsque à propos des sages d'Israël, nos sages dirent : « Si le maître ressemble à un ange divin, alors demande-lui la Torah. Autrement, ne lui demande pas la Torah » et cela vaut encore plus pour cet homme qui n'appartient pas à notre peuple, et qui n'a jamais vu la lumière de la Torah, et chez qui le vrai qui est dans ses paroles disparaît dans la masse de ses erreurs et de ses fautes.

« Introduction à la logique de Maïmonide »

Lois cérémonielles

La loi cérémonielle elle-même est une sorte d'écriture vivante, éveillant l'esprit et le cœur, elle est pleine de sens et provoque sans relâche l'observation et donne lieu et occasion à l'enseignement oral. Ce que l'élève fit et vit faire du matin au soir était une indication des enseignements et des pensées religieuses ; cela l'entraîna à suivre son maître, à l'observer, à remarquer toutes ses actions, à assister à l'enseignement que ses dispositions lui permettaient de suivre et dont il s'était rendu digne par son comportement. [...]

Et maintenant, je peux clarifier ma supposition sur la destination des lois cérémonielles dans le judaïsme. Les pères fondateurs de notre nation, Abraham, Isaac et Jacob, sont restés fidèles à l'Éternel et ont cherché à maintenir, dans leur famille et leur postérité, des idées religieuses claires éloignées de toute idolâtrie. Et maintenant, voici que leur postérité était destinée par la providence à être une nation sacerdotale, c'est-à-dire une nation qui indique toujours par son institution et sa constitution, par ses lois, actions, destinées et changements, des idées saines et authentiques de Dieu et de ses qualités, qui ne cesse de les enseigner, les proclamer, les prêcher et cherche à les conserver parmi les nations, pour ainsi dire, par son existence. [...] Nous avons vu la difficulté qu'il y avait eu à observer les concepts abstraits de la religion parmi les hommes au moyen de signes inaltérables. Image et écriture imagée mènent à la superstition et à l'idolâtrie, et notre gribouillage alphabétique rend les hommes trop spéculatifs. Trop souvent ils interprètent superficiellement la connaissance symbolique des choses et de leurs rapports, nous dispensent de l'effort de saisir et de chercher et provoquent une coupure trop large entre l'enseignement et la vie. C'est pour remédier à ces défauts que le législateur a donné à cette nation la loi cérémonielle. Les connaissances religieuses et morales devaient être liées avec l'agir quotidien. La loi ne les incitait pas à réfléchir, elle ne leur prescrivait que des actions et des façons d'agir.

1783, *Jérusalem*

Lois rituelles

Nous n'avons pas la même opinion sur la nécessité des lois rituelles. Si nous avions perdu leur signification comme une sorte d'écriture ou écriture par signe, leur nécessité n'est pas supprimée comme nécessité ou comme lien d'association, et celle-ci devra être maintenue dans le plan de providence aussi longtemps que le polythéisme, l'anthropomorphisme et l'usurpation religieuse régneront sur la surface du globe aussi longtemps que ces tracassiers de la raison sont réunis. Les vrais théistes doivent trouver une sorte de liaison, si ceux-ci ne veulent pas tout mettre au même pas. Et en quoi cette liaison doit-elle subsister ? Dans des principes et des opinions ? Ils enchaînent la raison dans des articles de foi, des symboles et des formules. Donc des actes, des *cérémonies*. Nos efforts devraient seulement tendre à supprimer les abus qui se sont glissés et remettre à la base la vraie et solide signification des cérémonies et à rendre de nouveau lisible et compréhensible l'écriture qui a été rendue obscure par l'obstination et le cléricalisme.

22 septembre 1783, « À Herz Homberg »

M

Mahomet et Confucius

J'ai encore à m'expliquer sur l'endroit de ma lettre qui vous a paru si étrange. C'est où je dis : « L'application et l'usage que l'auteur [Lavater] fait [...] m'ont paru si vacillantes et si *arbitraires* [...] » ; et vous semblez avoir eu lieu de croire que j'ai pris le ton réservé et modeste avec lequel vous proposez vos arguments à vos lecteurs pour une marque d'incertitude. Je continue, je me ferai presque fort de défendre telle religion qu'on voudrait avec les mêmes arguments. Et vous me demandez si j'oserais entreprendre de soutenir par les mêmes arguments la religion de Mahomet ou celle de Confucius ? Si j'ai d'autres raisons que celles que vous employez à la défense du christianisme pour prouver la mission de Moïse et la divinité de la Loi donnée au peuple juif ? Pour répondre à ces diverses questions, je m'en vais prendre la liberté d'entrer dans quelques détails. [...]

J'ignore si Confucius a prétendu faire des miracles, et sa morale n'a pas *besoin* que j'en fasse l'apologie. Mais si Mahomet s'est abaissé comme il le dit à faire des prodiges, et que les Turcs continuent d'en multiplier les témoignages par la tradition et les monuments, comment et par où voudrions-nous les démentir ? Si nous voulons rendre ces témoignages suspects, ils peuvent user de rétorsion. Il est difficile et très difficile de s'en rapporter sur ces matières à sa propre impartialité, et comment pouvons-nous prétendre, nous qui sommes parties dans ce différend, que les autres nous reconnaissent en même temps pour leurs juges ? Les miracles des chrétiens, des juifs et des mahométans se contredisent les uns les autres : ils se contredisent même dans chaque religion en particulier. Chaque secte veut produire les siens. Où sont les signes certains par lesquels on peut discerner, dans une matière de cette importance, la vérité de l'erreur ?

9 février 1770, « À Charles Bonnet »

Maux de notre temps

La source du mal ne peut être combattue autrement que par l'*Aufklärung*. Qu'on éclaire le domaine, les fantômes disparaissent. [...] Le double mal de notre temps, athéisme et superstition, repose en partie dans la constitution de notre philosophie et de la manière dont on la pratique dans les écoles. Dans les écoles allemandes et les écrits allemands de la première partie de ce siècle régnait une profondeur dans la pensée qui commença à former le caractère particulier de la littérature allemande. La philosophie leibnizo-wolffienne et les quelques polémiques qu'elle provoqua donnèrent aux concepts une telle précision et aux raisonnements une telle solidité que nos voisins n'ont pas encore aujourd'hui une bonne connaissance. Chaque écrit sophiste qui faisait du bruit chez eux devait être traduit en allemand ; ils montrèrent alors leur complète faiblesse et médiocrité. La langue se refusait et pour ainsi dire se hérissait à accepter ce qui est chancelant, ce dont le sophiste a tellement besoin. [...] Dans ces temps, en Allemagne, on ne vit jamais un écrit délirant ou athée faire particulièrement sensation. Athéisme et délire n'étaient pas aussi audacieux et bruyants qu'ils le sont aujourd'hui.

Février 1785, « Doit-on lutter
contre l'enthousiasme qui se propage
par la satire ou par un contact extérieur ? »,
Berlinische Monatsschrift

Maximes

Sentence des rabbins :
Qui est riche ? Celui qui est content.
Qui est brave ? Celui qui maîtrise ses désirs.
Qui est sage ? Celui qui accepte une bonne leçon de chacun.
Qui est honorable ? Celui qui honore l'Autre.

(*Avot*, 4, 1) dans l'album de Karl Friedrich
Graefe, 26 octobre 1771

Penser vrai, aimer le bien, faire le mieux

Souvent utilisé par Mendelssohn,
ici le 6 juillet 1776

Destination de l'homme
Chercher la Vérité, aimer la Beauté, vouloir le Bien, faire le Mieux.

« Album de ses amis et dédicaces »

Messie

Ce qui est dit sur le Messie que je dois attendre n'est pas du tout ce que je pense. Un Messie spirituel signifie, pour autant que je le sache, un rédempteur, grâce auquel nous espérons devenir heureux et je n'en attends pas un de ce type ; en effet je ne peux espérer devenir heureux par Dieu que de *manière directe*. Dans cet article, le messie dont on parle est, selon mes principes, un messie terrestre et même de lui je n'attends rien, qu'il devrait être *universi terrarum orbis rex, omnium gentium supremus et legislator et judex*.

15 janvier 1771, « À Johann Kaspar Lavater »

Miracles

Selon le judaïsme, des miracles et des signes extérieurs ne sont pas des preuves pour ou contre des vérités *éternelles* de la raison. C'est pour cela qu'il est dit dans l'Écriture que si un prophète enseigne quelque chose contre les vérités établies et s'il renforce sa prédication par des miracles, on ne doit pas lui obéir ; on doit même condamner à mort celui qui fait des miracles en vue de débaucher le peuple vers l'idolâtrie. En effet, des miracles ne peuvent que confirmer des témoignages, soutenir des autorités, renforcer la crédibilité des témoins et de ceux qui transmettent ; mais tous les témoignages et les autorités ne peuvent renverser aucune vérité de raison établie, pas plus qu'ils ne peuvent supprimer le douteux des scrupules et des difficultés.

1783, *Jérusalem*

Moïse

(La mission de Moïse) ne se fonde pas uniquement sur des miracles (car je le répète, les miracles sont trompeurs, et donnés pour tels par Moïse lui-même). Elle est établie, au contraire, sur un fondement beaucoup plus solide. La nation entière, à laquelle s'adressait la mission, *a vu de ses propres yeux* la grande apparition divine ; *elle a entendu de ses oreilles* que Dieu a établi Moïse pour son interprète et son envoyé céleste. Tous les Israélites, sans exception, ont donc été témoins oculaires et auriculaires de la vocation de leur prophète, et par conséquent n'avaient pas besoin d'en avoir d'autres preuves ni d'autres témoignages. Voilà pourquoi il est dit au livre de l'*Exode* (9, 9) : « Voici, je viendrai à toi dans une nuée épaisse, afin que le peuple entende, quand je parlerai avec toi, et qu'il te croie aussi toujours » ; et plus haut (3, 12) : « Tu auras ce signe que c'est moi qui t'ai envoyé, c'est que, quand tu auras retiré mon peuple d'Égypte, vous servirez Dieu près de cette montagne. » Le grand acte public de la législation divine était donc la plus forte preuve de la mission de Moïse et elle rendait impossibles les doutes et l'incertitude que les miracles ne sauraient lever. Moïse, il est vrai, a fait de très grands miracles ; *mais depuis (la publication de) la loi*, il ne les fit plus pour prouver sa mission, mais seulement pour satisfaire aux besoins des Israélites, et aussi souvent que les circonstances rendaient ces miracles nécessaires. Toutes les fois qu'il était question de reprocher aux Juifs leur incrédulité, Moïse s'appuyait plutôt sur l'autorité de l'apparition céleste que sur celle de ses miracles.

9 février 1770,
« À Charles Bonnet »

Monstre

Cet écrit de M. Jacobi est un mélange curieux, presque une naissance monstrueuse, la tête de Goethe, le corps de Spinoza et les pieds de Lavater.

16 octobre 1785,
« À Emmanuel Kant »

N

Nathan le Sage

Il me semble [...] que Lessing a voulu faire de son *Nathan* une sorte de réponse à *Candide.* Le poète français avait rassemblé toutes les forces de son humour, il avait mobilisé l'inépuisable fantaisie de son esprit ; en un mot, il avait fait usage de tous les talents que la providence lui avait accordés pour écrire une satire de cette même providence. L'Allemand fit de même, mais pour la justifier et pour la montrer dans sa lumière la plus pure aux yeux des mortels. Je crois me rappeler que mon défunt ami eut l'idée fugitive, peu après la publication de *Candide,* d'en écrire un pendant, ou plutôt une suite, dans laquelle il voulait montrer par une série d'événements que tous les maux accumulés par Voltaire pour dénigrer la providence devaient pourtant, en fin de compte, aboutir finalement au meilleur et être reconnus par tous comme inspirés par des intentions plus sages. [...]

La publication de *Nathan* a changé tout cela. Désormais, la kabbale est passée par les cabinets de travail et des bibliothèques aux maisons de ses amis et de ses familiers ; elle murmura à l'oreille de chacun que Lessing avait insulté le *christianisme* quand il a seulement fait quelques reproches à quelques chrétiens, ou, tout au plus, à la *chrétienté*. Et au fond nous devons reconnaître que son *Nathan* honore grandement la chrétienté. Quel doit être le degré de lumière et de culture d'un peuple pour que l'un de ses membres puisse atteindre cette hauteur de pensée et accéder à une connaissance aussi profonde des choses divines et humaines ! Il me semble que la postérité devra nécessairement reconnaître au moins cela ; mais les contemporains de *Lessing* n'ont pas pensé cela de lui. Chaque reproche de suffisance ou de pensée unilatérale qu'il faisait lui-même à l'un de ses coreligionnaires ou qu'il mettait dans la bouche de l'un de ses personnages était pris pour une offense personnelle. L'ami ou le familier partout bienvenu ne trouva désormais plus que des visages fermés, des regards réservés et froids et un accueil glacial ; on était heureux qu'il parte ; ses amis et ses connaissances l'abandonnèrent et il fut exposé seul à tous les coups des persécuteurs. Il est étrange que, même de la part des Français les plus superstitieux, Voltaire n'a pas été exposé à de telles conséquences après la publication de son *Candide* ; son pamphlet contre la providence fut très loin de lui attirer l'inimitié que s'attira Lessing en se faisant le défenseur de Nathan et cela, de la part des Allemands les plus éclairés.

1785, *Heures matinales*

Nouvelle Héloïse

C'est dommage que Rousseau n'ait pas écrit des articles philosophiques plutôt qu'un roman ! Vous ne pouvez pas vous imaginer comme j'ai été trompé dans mon attente. Lire entièrement avec attention sans interruption les six livres de ce roman m'a coûté. Au début on n'ose pas ! Malgré ses propres sentiments, on se force à trouver belles certaines choses, ce qu'a reconnu l'approbation générale. Trompé par la réputation de l'auteur et du public, on lit, fatigue la patience, et on a encore des espoirs jusqu'à ce qu'on soit au bout et se voit trompé. [...]

Sa force poétique ne lui a pas coûté grand-chose dans ce livre ; sa connaissance du cœur humain est plus spéculative que pratique ; les récits sont disparates, parfois traînant, parfois au galop ; on doit presque lui dénier le don des dialogues et ses passions dépassent l'imagination du lecteur. Elles sont déjà dans les nuages avant que le lecteur ne sente le moindre plaisir d'escalader avec elles [...].

Dans l'histoire, Julie est véritablement le philosophe. Elle philosophe tout le temps, non comme une élève de Saint-Preux, mais de Rousseau, avec le même feu, avec la même intelligence. Chaque fois qu'elle nomme Saint-Preux son professeur, j'ai toujours l'impression qu'elle s'en moque. Il est vrai qu'elle le surpasse en raison, science et sagesse et elle ne peut rien avoir appris d'autre de lui que quelques principes introductifs de l'amour. De plus, elle joue dans cette histoire un double rôle. Elle est au début une jeune fille faible et séductrice, et à la fin une Dame respectable qui est bien plus qu'aucun modèle de vertu que l'on ait décrit.

1761, « Recension de la *Nouvelle Héloïse* »

O

Origine des langues

Dans les [ouvrages de Herder et Tiedemann[1]] est affirmée l'origine humaine des langues. Mais dans l'ouvrage du premier, celle-ci est tirée de la nature des hommes et de la langue, de la construction des langues originaires et de l'histoire de leur progrès régulier de la manière la plus rigoureuse possible, elle montre que l'homme, par son pouvoir de discernement, a pu et dû inventer des langues. Au contraire, dans l'ouvrage du second, cette origine n'a été présentée que comme vraisemblable ; l'auteur montre qu'on n'a aucune raison de refuser aux hommes cette invention sous prétexte qu'il y a des représentations sans langue, et même qu'il existe ce que l'auteur nomme des « représentations universelles sensibles » et qu'il considère comme suffisantes à l'invention de la langue ; dans la mesure où il crée des mots, par ces représentations et d'autres

1. Dietrich Tiedemann (1748-1803), professeur de philosophie à Göttingen.

conditions, il cultive la raison, et par celle-ci la langue, sa mise en ordre et sa structure. Les deux auteurs s'engagent dans la résolution des difficultés avec lesquelles on a l'habitude de contester l'origine humaine de la langue et sont surtout occupés à réfuter la preuve de Süssmilch[1] de l'origine divine de la langue. Mais seul Herder, contrairement à l'auteur anonyme, montre très bien l'argument en jeu, et le rend évident par une argumentation heureuse et la nullité et les faiblesses des arguments opposés.

1772, « Compte rendu des ouvrages
de Herder et Tiedemann, réponses
au concours de l'Académie de Berlin »

1. 1707-1767, théologien et démographe berlinois.

P

Panthéisme

J'ai également montré au cours de ma dernière leçon que le panthéisme épuré était compatible avec les vérités de la religion et de la morale ; que leur différence ne concerne qu'une spéculation très subtile sans aucune conséquence sur les actions et sur le bonheur des hommes, et qu'au contraire il ne change rien à tout ce qui concerne l'action et à tout ce qui peut avoir des conséquences significatives dans la vie ou même dans les opinions des hommes. [...]

Vous voyez, ajoutais-je enfin, que Lessing a pensé un panthéisme tout aussi épuré que celui que j'ai exposé, qui s'accorde parfaitement avec tout ce qui peut favoriser la vie et la félicité, et qu'il était même tout près d'accorder les notions panthéistes et la religion positive. Et de fait, ce panthéisme est très proche du système d'émanation des Anciens, que la religion adopta et considéra pendant de nombreux siècles comme la seule et vraie doctrine. Sur le long chemin qui mène de cette spéculation compliquée à la pratique de la religion et de la morale, il y a de nombreux endroits où l'on peut aisément retrouver la grande route depuis un chemin de traverse. Comme une erreur de calcul peut être relevée et corrigée par une autre, une inexactitude dans ces méditations abstraites peut être corrigée par une autre, et il suffit d'une légère inflexion pour rectifier un petit écart qui aurait pu nous éloigner du but. C'est pourquoi la négligence de la considération des conséquences est l'origine, ou du moins, le ferment, de toute persécution et de toute haine religieuse entre les hommes.

1785, *Heures matinales*

Phédon **(comment l'écrire ?)**

Je n'ai pu me recommander d'aucun système et j'ai dû supposer des lecteurs non métaphysiciens, mais dotés d'un bon sens et qui souhaitaient réfléchir ; petit à petit, dans le premier entretien, je leur ai présenté les concepts métaphysiques. Le plus nécessaire était de leur expliquer la loi de continuité, la nature ne connaît pas de saut. Je devais faire cela sans invoquer la définition d'un système de tel ou tel métaphysicien. Je devais donc procéder de manière analytique, prendre les phénomènes comme ils nous apparaissent et en tirer par analyse les vraies définitions. Par exemple, lorsque je devais parler du temps, je le considérais simplement comme un phénomène, sans voir sa définition réelle dans tel ou tel système. On en parlera ensuite lorsque le lecteur sera plus avancé. Aussi longtemps que j'ignore de quel système il se réclame, nous devons utiliser la langue des phénomènes ; en effet, dans celle-ci nous nous comprenons de manière la plus certaine.

1767, « À Raphaël Lévi »

Phédon (en hébreu ?)

Au début, je voulais écrire dans la langue sacrée, et je ne souhaitais pas donner la parole à Socrate : qu'avons-nous à faire, nous les tenants de la vraie religion, avec le fils de Sophronisque ? Je désirais m'éloigner complètement de la manière de Platon et écrire mon propre ouvrage sur la nature et l'immortalité de l'âme, et mon idée était de fonder ce que j'enseignais sur les écrits de nos sages - de mémoires bénies - ainsi qu'on les trouve dans les aggadas et les midrashim, car une bonne partie d'entre eux s'accordent avec ce que j'ai exposé par la voie de la philosophie et ne la contredisent en aucune manière. Mais beaucoup d'obstacles se mirent en travers. Ils me persuadèrent de choisir la langue des peuples, comme des hommes plus grands et meilleurs que moi firent en écrivant leurs ouvrages en arabe. Ce changement de langue entraîna un changement dans le traitement du sujet et je suivis les traces de Platon.

Été 1768, « À Hartwig Wessely »

Phédon (troisième édition)

Je ne peux pas me vanter d'avoir démontré l'immortalité de l'âme de façon aussi évidente qu'un sceptique pourrait en être convaincu immédiatement ainsi qu'on ne peut plus douter d'un axiome géométrique dès qu'on en comprend la preuve. À mon avis, une telle doctrine est encore moins capable d'une vérité philosophique et morale. Si le lecteur a une répugnance contre les recherches métaphysiques, mes principes ne pourront pas plus l'éclairer parce que j'ai dû être parfois subtil pour ne pas être superficiel. Le ton à la mode qui frôle tout sans jamais fonder commence aussi à entrer dans la philosophie allemande. Mais votre altesse n'aurait certainement accordé aucune attention au *Phédon* s'il avait été rédigé sur ce ton. Vous aimez la philosophie comme une amie et une conseillère et non comme une bavarde agréable qui peut chasser des heures oisives.

Dans l'appendice de la troisième édition, j'ai dû répondre au reproche d'avoir mis dans la bouche de Socrate des arguments trouvés uniquement dans une religion révélée, ainsi qu'à d'autres objections opposées à mon concept de l'harmonie de nos devoirs. Si l'âme n'était pas immortelle, alors les idées des vertus les plus sublimes que nous concevons avec respect chez les héros combattraient les devoirs d'une autonomie invincible et ces combats ne pourraient être tranchés même par le juge le plus sage.

9 novembre 1769,
« Au prince héritier Karl Wilhelm Ferdinand
de Braunschweig Wolfenbüttel »

Philosophie morale

Les notions de la philosophie morale sont donc suffisamment fécondes et cohérentes pour constituer un système théorique, et, dans cette théorie, nous pouvons exposer tous nos devoirs particuliers, tous nos droits et toutes nos obligations à partir d'une unique loi universelle de la nature.

La certitude sera la même que celle que l'on doit se promettre dans les premiers principes de la métaphysique. Si la philosophie est principalement la science de la nature des choses en général, la philosophie morale en particulier n'est que la science de la nature d'un être doué de volonté libre. Cependant, comme nous l'avons vu, la liberté est une notion féconde, dont le développement peut nous conduire à la connaissance de tous nos devoirs et de toutes nos obligations. Par suite, on peut démontrer de manière irréfutable les enseignements de la philosophie morale théorique à partir de fondements sûrs, et la certitude qui y règne est la même que celle par laquelle la métaphysique expose la nature des choses en général. [...] D'un autre côté, dans cette science, les preuves peuvent néanmoins être moins claires, moins compréhensibles que dans les premiers principes de la métaphysique ou de la théologie naturelle. À côté des difficultés qu'implique nécessairement, dans toute discipline philosophique, le fait d'être pleinement convaincu [...], il y a dans la philosophie morale la difficulté supplémentaire qu'il faut construire cette science sur les fondements de la métaphysique. Il faut avoir compris la théologie, la cosmologie et la psychologie et en avoir été convaincu avant de pouvoir parvenir à quelques lumières en philosophie morale. Comment puis-je comprendre ce que je dois à Dieu, à moi-même et à mon prochain si je n'ai pas de notions vraies et exactes de Dieu, de mon prochain, de moi-même et du lien moral que j'ai avec eux en tant que créature et en tant que semblable ? Par suite, dans la mesure où la philosophie pratique se fonde sur les vérités métaphysiques, il est facile de comprendre que l'évidence en philosophie pratique doit nécessairement être bien plus difficile à atteindre.

1764, *Traité sur l'évidence dans les sciences métaphysiques*

Pilpoul[1]

Mon fils Joseph a pour ainsi dire suspendu son étude hébraïque. Malheureusement il est tombé, immédiatement après votre départ, dans les mains d'un érudit qui était un maître du *pilpoul*, creux !

Et bien que Joseph aime la subtilité et soit très bon dans la discussion, il n'a pas d'attirance pour le *pilpoul*. Pour trouver, comme vous le savez, du plaisir à cet exercice intellectuel, il faut un enseignement très particulier et bien que nous l'ayons connu tous les deux, nous nous sommes accordés pour qu'il s'abstienne plutôt que d'exercer cette sorte d'esprit stérile.

Le manque de goût qu'il éprouva pour l'enseignement de son professeur l'a amené à l'aversion de cette étude. Mais il fait de

1. Méthode de discussion dans les académies talmudiques.

bons progrès dans les sciences solides, s'en pénètre et examine avec un regard sûr et explorateur ce qui l'entoure ; il ne fait jamais de grands écarts ainsi qu'on aurait pu l'attendre d'une jeune tête enflammée. Nous n'avons encore rien déterminé pour son avenir. Je suis encore incertain sur ce que je dois lui proposer. Ses talents et sa bonne disposition pour les sciences fondamentales font attendre de lui quelque chose de remarquable. Comme juif, il ne peut qu'étudier la médecine et pour cela il n'a ni le plaisir ni l'aptitude. C'est encore trop tôt pour entrer dans les affaires. Mais il peut sans difficulté apprendre ce pour quoi il a du plaisir et de l'envie. En tant que commerçant au moins il ne sera pas abîmé. Dans tous les cas, il fera ce que son père aurait dû faire, se risquer à être une fois commerçant, une fois savant ; mais il court le danger de n'être vraiment aucun des deux.

15 mars 1784, « À Herz Homberg »

Pinto, Isaac de[1]

Remercier chaleureusement de ma part M. Pinto pour son traité[2]. Je l'ai lu avec plaisir. Le soi-disant système de la nature n'a pas trouvé beaucoup de disciples en Allemagne ; mais comme il a eu beaucoup de succès en France et peut corrompre de jeunes esprits, le petit traité de M. Pinto peut aider à éclairer ceux qui doutent et peut les mener à penser par

1. 1717-1787.
2. *Traité de la circulation et du crédit* (1721) ou le *Précis des arguments contre les matérialistes* (1771).

eux-mêmes. Sinon, les autres œuvres de Pinto me sont bien connues, car elles lui ont assuré un nom remarquable dans le monde savant. Si la nation avait dix écrivains comme Pinto, les Voltaire parleraient de nous avec une autre attention.

14 juin 1774, « À Simon Sommerhausen »

Pitié

La pitié elle-même, ce sentiment humain, que Rousseau accorde encore au sauvage après lui avoir retiré toutes les autres capacités intellectuelles, n'est pas une inclination naturelle comme il le pensait. En nous, il n'y a aucune propension évidente à éprouver du déplaisir devant les faiblesses des autres créatures. Non, la pitié se fonde sur l'amour, l'amour se fonde sur le plaisir à l'harmonie et à l'ordre. Lorsque l'on voit des perfections, nous souhaitons les voir grandir ; et dès que l'on constate un manque, alors naît en nous le déplaisir que nous nommons « pitié ».

1756, « Missive à Lessing »

Poésie des Hébreux

Tant de têtes, depuis tant de temps, se sont occupées de l'Écriture sainte, de ce trésor divin de connaissance et de crainte de Dieu ; on a tellement traduit, expliqué et explicité tantôt de manière philosophique, tantôt de manière théologique ; mais on n'a jamais fait l'effort de nous montrer l'origine de la beauté qu'on y trouve, tellement admirée par les connaisseurs de la langue originale. On lit Homère, Virgile et les autres écrits des Anciens, on décompose avec le plus grand soin toutes les beautés qui y sont contenues et on se fait l'effort de former notre goût selon leur modèle. Mais on s'occupe rarement des règles de l'art selon lesquelles le poète divin et les anciens Hébreux nous font sentir les sentiments les plus sublimes et savent trouver immédiatement les chemins de notre cœur. Le goût raffiné que nous trouvons dans les œuvres des écrits des Anciens grecs et romains peut facilement dégénérer en mollesse, mais le véritable goût oriental qui règne dans les écrits des poètes hébreux est trop humain, trop noble pour jamais nous faire dévier vers des pensées indignes. C'est la raison pour laquelle on a souhaité depuis longtemps une explication des règles de la beauté des anciens poètes hébreux et une description du génie de leur art poétique avec ses caractères particuliers.

« Compte rendu de Robert Lowth,
De sacra poesi Hebraeorum »

Pope, Alexander[1]

Le philosophe qui escalade le Parnasse et le poète qui descend dans la vallée sérieuse et calme de la sagesse peuvent se rencontrer à mi-chemin et s'échanger leurs vêtements avant de rentrer. Chacun ramène chez lui la forme de l'autre, mais rien d'autre que cette forme. Le poète est devenu un poète philosophique et le philosophe un philosophe poétique. Mais

1. 1688-1744.

un poète philosophique n'est pas pour autant un philosophe et le philosophe poétique n'est pas pour autant un poète.

Mais ainsi sont les Anglais. Leurs grands esprits doivent toujours être les plus grands, et leurs rares têtes doivent être merveilleuses. Il ne leur semblait pas assez honorable de nommer « Pope » l'excellent poète philosophique. Ils voulaient qu'il soit un aussi grand philosophe que poète. C'est-à-dire qu'ils voulaient l'impossible, ou bien qu'ils voulaient rabaisser Pope en tant que poète. Mais certainement ils ne voulaient pas ceci, c'est donc qu'ils voulaient cela.

Jusqu'ici j'ai montré - du moins j'ai voulu montrer - qu'un poète, en tant que poète, ne *pouvait* produire aucun système. Je vais maintenant montrer qu'il ne *veut* pas non plus en produire, même en admettant qu'il le puisse, même en admettant que mes difficultés n'impliquassent aucune impossibilité et que son génie lui fournît le moyen de les surmonter. [...]

1755, *Pope, un métaphysicien !*

Préjugés

Tous les préjugés ne sont pas également nuisibles ; et par conséquent, il ne faut pas se conduire de la même manière à l'égard de tous les préjugés que nous croyons apercevoir chez nos semblables. Quelques préjugés s'opposent de front à la félicité du genre humain. Leur influence sur les mœurs des hommes est évidemment pernicieuse, et on ne peut même pas en attendre une utilité accidentelle. Ces préjugés doivent être attaqués de front par tout ami de l'humanité. Les combattre directement est incontestablement le meilleur parti et tout détour est un délit inexcusable. De ce genre sont toutes les erreurs et les préjugés des hommes qui troublent leur propre tranquillité ou celle de leurs semblables et qui anéantissent dans l'homme le germe du vrai et du bon, avant qu'il ne puisse porter un fruit. D'un côté, c'est le fanatisme, la misanthropie, l'esprit de persécution ; de l'autre, c'est la légèreté, la mondanité et l'immoralité des esprits forts.

Mais d'autres fois, les opinions de mes semblables, qui me paraissent erronées, tiennent à des principes d'une théorie élevée, qui sont trop éloignés des principes pratiques pour être nuisibles par eux-mêmes ; mais leur universalité même renferme le fondement sur lequel le peuple bâtit le système de sa morale et de sa sociabilité. Par conséquent, ces principes sont devenus accidentellement très importants pour cette partie du genre humain. Attaquer publiquement de pareils principes, c'est tourmenter les fondements d'un édifice pour s'assurer si cet édifice est solide, et avant que de l'avoir étayé. Celui qui a plus à cœur le bien des hommes que sa propre réputation s'abstiendra de dire son sentiment sur des préjugés de ce genre ; il se gardera bien de les attaquer de front et sans la plus grande circonspection, afin de ne pas renverser un principe de moralité suspect, avant que d'avoir porté ses semblables à *adopter* le vrai, qu'il veut mettre à la place de ce principe suspect.

12 décembre 1769, « À Johann Kaspar Lavater »

Prosélytisme

Pourquoi je ne cherche pas à faire des prosélytes ? Votre question m'a un peu étonné. Le devoir de convertir est manifestement une suite du principe selon lequel en dehors de l'Église des prosélytes il n'y a pas de salut. Mais il ne m'est pas nécessaire, comme juif, d'accepter cette proposition dans la mesure où, selon la doctrine des rabbins les vertueux de *chaque* religion peuvent être sauvés ; alors le motif de conversion disparaît et je ne conteste publiquement aucune religion qui a un bon côté moral. La religion, dites-vous, est « le culte de Dieu[1] ». Oui. Il existe, comme on le sait, un culte intérieur et un culte extérieur qui doivent être différenciés.

Le culte intérieur des Juifs n'a pas d'autres prescriptions que celles de la religion naturelle. Nous sommes tenus de les propager et je tente de les accomplir autant que je peux. Ne pas reconnaître ce devoir serait de la plus extrême insensibilité, même s'il a aussi ses frontières et souffre parfois de limites.

Au contraire, notre culte extérieur n'est pas destiné à être propagé car il contient des prescriptions qui sont liées à des *personnes*, des *temps* et des *situations*. Nous croyons en effet que notre religion est la meilleure, parce que nous la tenons pour divine ; mais il ne s'ensuit pas qu'elle soit absolument la meilleure. Elle est la meilleure pour nous et nos

1. En français dans le texte. On sait que l'allemand emploie le terme *Gottesdienst*.

descendants, la meilleure pour *certains temps* et *situations* et *certaines conditions.*

Quel culte extérieur est le meilleur pour d'autres peuples ? Dieu leur a sans doute été révélé par des prophètes, ou s'est peut-être laissé constituer par leur raison. Je n'en sais rien et ne peux rien dire de précis là-dessus ; mais je sais en tout cas qu'aucun culte extérieur ne peut être universel et que je dépasse la religion de mes pères si je cherche à faire des prosélytes.

20 août 1770, « À Rochus, comte de Lynar »

R

Rabbins

Les rabbins [hostiles aux Lumières] sont depuis assez calmes, je ne sais pas ce que vous avez fait pour les faire taire. Certainement pas une meilleure connaissance. Il sort d'une correspondance que j'ai eue entre les mains qu'ils ne sont pas décidés à changer d'opinion. Donc je ne veux ni les provoquer ni les rendre ridicules. Que vais-je remporter si je ridiculise les savants de ma nation ? Vous m'avez, mon très cher ami, apporté une aide précieuse en me procurant une souscription d'en haut. Ceux d'Altona seront empêchés par là de trop se presser à condamner un livre avant de l'avoir lu.

20 septembre 1779, « À August Hennings »

Raison

Nous ne rêvions de rien de plus que l'*Aufklärung* et avons cru avoir suffisamment éclairé la terre par la lumière de la raison pour que l'enthousiasme ne s'y montre plus. Malheureusement nous voyons déjà d'un autre côté de l'horizon poindre la nuit avec tous ses fantômes. Le pire est que le mal est si actif, si puissant. Le délire *agit* et la raison se contente de *parler* [...].

1er septembre 1784,
« À Johann Georg Zimmermann »

Les bêtes, elles aussi, attendent des conséquences semblables de cas semblables, mais elles ne raisonnent pas comme nous. La simple association de notion suscite chez elles ce que l'expérience suscite chez le commun des hommes et ce que la raison suscite chez le philosophe. Par exemple, les bêtes reculent devant une pente trop rapide et craignent d'y être emportées. La fréquente répétition de cette situation a tellement lié les idées dans l'âme de la bête qu'à la vue d'une zone inclinée, l'idée de la chute et de la glissade devient très vive et suscite la peur. L'homme, lui, n'est pas uniquement dominé par une représentation devenue vive, mais la fréquence de la répétition de l'expérience fait naître en lui la proposition rationnelle générale que, sur une forte pente, tous les corps pesants sont emportés. Il conjecture avec raison que dans l'idée d'une pente il y a quelque chose qui rend la chute possible. Le philosophe y ajoute la connaissance de la mécanique, rapprochant ainsi la proposition générale d'une pure connaissance rationnelle.

1785, *Heures matinales*

À ma spéculation, j'assigne la simple tâche de rectifier les sentences de l'entendement humain sain et de les convertir autant que possible en connaissance rationnelle. Tant qu'une bonne entente règne entre saine raison et spéculation, je les suis où elles me mènent. Dès qu'elles se divisent, je cherche à m'orienter, et elles me ramènent si c'est possible au point d'où nous étions partis. Comme la superstition, les ruses du cléricalisme, l'esprit de contradiction et la sophistique ont faussé notre horizon par une quantité d'arguties et d'artifices qui ont égaré l'entendement humain sain. Il nous faut user d'un nouvel artifice pour lui venir en aide. Il faut comparer, examiner, éprouver et suspecter les subtilités métaphysiques qu'on a utilisées pour nous égarer et, si elles ne résistent pas à la preuve, nous devons chercher à les évincer en faisant appel à des concepts encore plus raffinés. Pour atteindre une véritable et authentique conviction en matière de religion naturelle, une conviction qui pourrait avoir sur la béatitude humaine ne serait-ce qu'un peu d'influence, ces méthodes artificielles n'ont aucune nécessité. L'homme dont la raison n'est pas encore corrompue par la sophistication de l'esprit peut se contenter de suivre son sens immédiat pour établir solidement sa béatitude.

« Aux amis de Lessing »,
Le Crépuscule des Lumières

Réalité

Aucun charme ne peut agir sur des esprits qui ne veulent pas se laisser persuader et qui résistent de toutes leurs forces. On n'avance guère si l'on n'a la ferme volonté de faire entendre la vérité ; il faut une patience obstinée, un abandon confiant et de l'abnégation pour passer tous ses préjugés et toutes ses pensées les plus chéries au feu de cette discipline divine et attendre virilement de les voir partir en fumée ou réapparaître dans une beauté nouvelle. La plupart des hommes font le voyage de la vie fermement décidés à le faire en compagnie de la folie et de la superstition. On ne prête jamais l'oreille à la voix de la raison sans être attaché à ses préjugés et Ulysse avait donné l'ordre suivant à ses compagnons de voyages : « Plus je vous demanderai de me délivrer, plus vous resserrerez les cordes, jusqu'à ce que les sirènes soient loin derrière. »

1764, *Traité sur l'évidence dans les sciences métaphysiques*

Réfutation du christianisme

Respectable ami de l'humanité !

Vous avez trouvé bon de dédier les *Recherches* de M. Bonnet sur les preuves du christianisme, que vous avez traduites du français, et de me conjurer en face du public de la manière la plus solennelle, *de réfuter cet écrit, si je ne trouvais pas solides les arguments essentiels qui appuient les faits du christianisme. Mais que, dans le cas où je les trouverais solides, de faire ce que la prudence, l'amour de la vérité et la droiture me conseilleraient, ce qu'aurait fait un Socrate s'il avait lu cet écrit et qu'il l'eût trouvé sans réplique* : c'est-à-dire d'abandonner la religion de mes pères et de confesser celle que M. Bonnet défend. Car lors même que je penserais d'une manière assez rampante, pour que la prudence tienne en échec l'amour de la vérité et de la droiture, ces trois choses me sembleraient réunies dans ce cas dans le même plateau de la balance.

Je suis pleinement convaincu que vos démarches découlent d'une source pure et je ne puis vous attribuer d'autres vues que des vues pleines d'amitié et d'humanité. Je serais indigne de l'estime de tout honnête homme si mon cœur ne vous rendait avec reconnaissance les sentiments d'amitié que vous manifestez à mon égard dans votre dédicace ; mais je ne saurais dissimuler que j'ai été étrangement surpris que vous ayez fait un pareil pas. Je me serais attendu à tout plutôt qu'à une sommation publique d'un Lavater.

Puisque vous vous souvenez encore de la conversation confiante que j'ai eu le plaisir d'avoir chez moi avec vous et vos dignes amis, il est impossible que vous ayez oublié combien de fois j'ai essayé de détourner la conversation des matières de religion et de la ramener sur des objets plus anodins ; combien il a fallu que vous et vos amis m'ayez pressé avant que je me déterminasse à déclarer mon sentiment dans une circonstance qui est si importante pour le cœur. Si je ne me trompe, des engagements avaient précédé, que l'on ne ferait *jamais* un usage public de ce qui se dirait en cette occasion. Mais j'aime mieux me tromper que de vous imputer d'avoir manqué à cette promesse. Mais, si j'ai cherché si soigneusement à éviter un éclaircissement dans ma maison en présence d'un petit nombre d'hommes estimables, sur les bonnes intentions desquels je croyais pouvoir me reposer, il était facile de juger qu'un éclaircissement *public* devait être extrêmement opposé à ma manière de penser, et que je serais dans l'*embarras* lorsque la voix qui me sommait ne pouvait pas me paraître méprisable. Quelle raison a donc pu vous porter, contre mon inclination qui vous était bien connue, à me tirer de la foule et à me conduire publiquement sur l'arène, où j'aurais si fort désiré ne jamais entrer ?

12 décembre 1769, « À Johann Kaspar Lavater »

Relativisme

Béni soit l'État qui réussit à gouverner le peuple grâce à l'éducation ; c'est-à-dire à lui inculquer des mœurs et des convictions telles que, par elles-mêmes, elles mènent à des actions utiles à tous qui n'ont pas besoin d'être toujours aiguillonnées par la pointe de la loi.

Dans la vie en société, l'homme doit pour le bien général renoncer à certains de ses droits : ou bien comme on peut le dire, sacrifier très souvent ses propres intérêts au bien général. Il est heureux lorsque ce sacrifice résulte de la volonté du peuple, et qu'il sent qu'il se sacrifie seulement en vue du bien-faire.

Par là, il est peut-être possible de donner une réponse satisfaisante à la célèbre question : *quelle forme de gouvernement est la meilleure ?* Une question à laquelle on a donné jusqu'à aujourd'hui des réponses contradictoires avec la même apparence de vérité. Au fond, elle est trop imprécise comme cette question de médecine du même genre : *quel aliment est le plus sain ?* Chaque complexion, chaque climat, chaque âge, sexe, mode de vie, etc., exige une réponse différente. Il en va de même pour notre problème politico-philosophique. Pour chaque peuple, à chaque niveau de culture où il se trouve, une forme différente de gouvernement est la meilleure. Certaines nations dirigées de manière despotique seraient très misérables si on les laissait à elles-mêmes, aussi misérables que maints républicains libéraux si on voulait les soumettre à l'autorité d'un homme. Et une nation elle-même changera avec la forme de gouvernement, tout comme sa culture, son mode de vie et ses convictions se transforment ; et au cours des siècles elle passera par tout le cercle des formes de gouvernement, de l'anarchie au despotisme, à travers toutes les nuances et mélanges, et pourtant elle aura toujours choisi dans telles circonstances la forme qui lui convient le mieux.

1783, *Jérusalem*

Religion

Ce n'est pas depuis hier que j'ai commencé à examiner ma religion. J'ai reconnu de très bonne heure l'obligation de sonder mes opinions et mes actions ; et si j'ai consacré, dès ma première jeunesse, mes heures de délassement et de récréation à la philosophie et aux belles-lettres, ce fut uniquement dans la perspective de me préparer à un examen aussi nécessaire. Je ne pouvais avoir d'autres motifs. Dans la position où je me trouvais, je n'attendais pas des sciences le moindre avantage temporel. Je savais très bien que je ne trouverais pas *pour moi* dans cette route un moyen de *m'avancer heureusement* dans le monde. Et du plaisir ? Ô mon aimable ami ! L'état qui est assigné dans la société civile à mes frères dans la foi est si éloigné de tout usage *libre* des facultés intellectuelles que l'on ne travaille certainement pas à augmenter le contentement d'esprit en apprenant à connaître les droits de l'humanité sous leur vrai point de vue. J'évite sur ce point une explication plus détaillée. Celui qui connaît la condition dans laquelle nous nous trouvons et qui a un cœur humain sentira plus ici que je ne saurais exprimer... Si le résultat d'un examen, continué plusieurs années, n'avait pas été entièrement à l'avantage de *ma* religion, il aurait fallu nécessairement que quelque action publique l'eût fait connaître. Je ne comprends pas ce qui aurait pu me tenir lié à une religion, en apparence si sévère, si universellement méprisée, si je n'avais été convaincu intérieurement de sa vérité. Quel qu'eût été le résultat de mes recherches dès lors que je ne reconnaissais pas la religion de mes pères pour la *vraie* religion, je devais l'abandonner. Si j'avais été convaincu intérieurement de la vérité d'une autre, ç'aurait été la plus misérable bassesse de ne *vouloir* pas, malgré la persuasion intérieure, confesser la vérité. Et quel motif pouvait m'entraîner à cette bassesse ? J'ai déjà avoué que, dans ce cas-là, la prudence, l'amour de la vérité et la droiture m'auraient fait prendre cette voie.

12 décembre 1769, « À Johann Kaspar Lavater »

Religion populaire

En ce qui concerne les concepts de religion populaire, je pense que les agréables sensations qui l'accompagnent se fondent sur la vérité et qu'elles ont été obscurcies par de fausses adjonctions. Par exemple, l'omniprésence de Dieu dans votre religion est trop ramenée aux sens et, selon certains, rabaissée jusqu'à l'humanité. Mais au fond, nous ne pouvons pas, également selon la raison, nous représenter la divinité de manière assez forte et assez vivante que comme *présence*, et toute matérialisation ne suffit pas pour communiquer l'enthousiasme que nous devrions avoir par cette représentation.

Je m'en tiens donc aux concepts religieux populaires jusqu'à ce que ma raison soit assez forte pour remplacer la fin de mes sensations agréables. Je me réjouis de chaque usage de la religion qui ne mène pas à l'intolérance et à la haine des hommes, me réjouis de la manière dont mes enfants, avec chaque cérémonie qui est fondée sur le bon, cherchent à séparer, autant que faire se peut, la non-vérité et ne suppriment rien avant de ne pouvoir remplacer son bon effet par quelque chose de meilleur.

27 décembre 1785, « À Sophie Becker »

Retour en Palestine

Le retour espéré en Palestine qui soucie tant M. Michaelis n'a pas la moindre influence sur notre comportement civique. C'est ce qu'a montré l'expérience de tout temps partout où les Juifs ont été tolérés jusqu'à aujourd'hui. [...] Il faut accorder à la prévoyance de nos sages qui dans le Talmud ont très souvent commandé de ne penser à *aucun retour en force* ; sans le grand miracle et signes exceptionnels promis par les Écritures, de ne pas faire le moindre pas dans le sens d'un retour et d'une restauration violente de la nation. Ils ont exprimé cette interdiction de manière mystique mais très engageante, dans les vers du *Cantique des cantiques* (2,7 ; 3,5) :

« Je vous en conjure,
O filles de Jérusalem,
Par les biches
et les gazelles des champs
n'éveillez pas,
ne provoquez pas
l'amour
avant qu'il le veuille.

1783, « Réplique au jugement
de Michaelis sur Dohm »

Réunification

Je n'ai pas, tant s'en faut, la même opinion que vous sur la tolérance qui règne dans les *pages des journaux*. Aussi longtemps que le *système de réunification* est à l'arrière-plan, il me semble que cette tolérance hypocrite est encore plus dangereuse que la persécution officielle. Dans ses *Lettres persanes*, il me semble, Montesquieu a eu l'idée pernicieuse que le meilleur moyen pour la conversion n'est ni la dureté et la persécution, mais la douceur et la tolérance, et j'ai l'impression que, vraiment, elles - et non la sagesse et l'amour des hommes - veulent être le principe dominant. Dans ce cas, il est d'autant plus nécessaire que la petite troupe qui n'est pas convertie et qui ne veut pas être convertie se mette ensemble et se réunisse de manière ferme, et par quel moyen ? Je suis de nouveau conduit à la nécessité des lois cérémonielles, lorsqu'on ne doit pas ériger des opinions dominantes en lois et livres symboliques.

1er mars 1784, « À Herz Homberg »

Révélation

En tant qu'une révélation suppose un fait historique, la vérité n'en peut être prouvée que par la tradition, les témoignages et les monuments. En ceci nous sommes d'accord. Mais vous, Monsieur, à l'exemple de quantité d'autres apologistes du christianisme, donnez les miracles pour des signes infaillibles de vérité et croyez que, dès lors que, selon des témoignages dignes de foi, un prophète a fait des miracles, il ne reste plus le moindre doute sur la divinité de sa mission ; et maintenant vous prouvez par une très saine logique en effet que les miracles n'ont rien d'impossible et que les témoignages qu'on en a peuvent aussi être crus. C'est là une manière d'argumenter avec laquelle j'ai dit qu'on pourrait défendre *telle religion qu'on voudrait*. En effet, Monsieur, pensez-vous donc que *nous* (j'entends parler de mes frères en Israël) n'ayons pas aussi des témoignages à produire de prodiges inouïs, opérés par des hommes extraordinaires, de *notre* religion, longtemps après la mort de Jésus de Nazareth ? Et ces témoignages, pour *nous*, sont pour le moins dignes de foi, aussi respectables que peuvent vous être les vôtres. Ainsi voilà donc témoignages contre témoignages. Il y a en Pologne, sur les frontières de l'Ukraine, une secte juive, persécutée même par d'autres Juifs, qui prétend avoir fait des miracles tout récemment encore ; et je connais des personnes notables, et dont on vante la probité, qui assurent en avoir été les témoins oculaires. Leurs ennemis et leurs persécuteurs mêmes conviennent des faits ; mais ils les attribuent, suivant la coutume, à la magie. Tout ceci est constaté par des écrits publics et très authentiques non pas de la part de la secte même (du moins ne connais-je encore aucun écrit de cette secte), mais de la part de ses ennemis et des adversaires, lesquels ont formé contre elle l'accusation de sorcellerie et de séduction. Personne ne réfute ces accusations, et si de tels écrits tombent un jour entre les mains de nos neveux, ils seront forcés d'admettre le fait comme reconnu, et en conclure je ne sais quoi, si l'on peut se fonder sur des miracles.

À Paris, dans cette ville éclairée (comme vous-même, Monsieur, et votre traducteur le cite avec surprise) ne doit-il pas arriver tous les jours encore des choses si extraordinaires, que (si l'on convient des faits) ce ne saurait être que des miracles ? La vérité de ces sortes de faits a déjà même été confirmée souvent par l'assemblée des magistrats et attestée par l'autorité de leur seing et celle du sceau public. Je ne parle pas d'une foule d'autres témoins, dont le témoignage ne pourrait être récusé en justice. Que pourrions-nous opposer à ce parti religieux ? Dirons-nous que tous ses témoins sont trompeurs ou trompés ? De quel droit, s'il vous plaît ?

9 février 1770, « À Charles Bonnet »

Révélation et législation

Le judaïsme ne se glorifie d'aucune révélation *exclusive* de vérités éternelles indispensables au bonheur ; il n'est pas une religion révélée dans le sens où on a l'habitude de prendre ce terme. Une *religion* révélée est une chose, une *législation* révélée en est une autre. La voix qui se fit entendre sur le Sinaï en ce grand jour ne disait pas : « Je suis l'Éternel, ton Dieu nécessaire et autonome qui est toute puissance et omniscience, celui qui récompense les hommes selon leurs actes dans une vie future. » Il s'agit de la *religion humaine* universelle, non du judaïsme. [...] Tout cela était présupposé, tout cela fut peut-être enseigné, discuté et établi sans doute possible par des raisons humaines au cours des jours préparatoires ; alors la voix divine s'écria : « Je suis l'Éternel, ton Dieu, qui t'a fait sortir d'Égypte, d'une maison de l'esclavage. » Une vérité historique sur laquelle la législation de ce peuple devait se bâtir, et selon laquelle des lois devaient être révélées : commandements, prescriptions ; mais aucune vérité religieuse éternelle : « Je suis l'Éternel, ton Dieu, qui a conclu une alliance avec tes pères Abraham, Isaac et Jacob, et leur a juré de faire de leur semence une nation qui me soit propre. Le moment est enfin venu où cette promesse doit se réaliser. Pour cette raison je vous ai sauvés de l'esclavage des Égyptiens, sauvés par des miracles et des signes inouïs. Je suis votre sauveur, votre chef et votre roi, je fais avec vous une alliance et vous donne des lois selon lesquelles vous devez vivre et être une nation heureuse dans le pays que je vous donnerai. » Tout cela constitue des vérités historiques qui, selon leur nature, reposent sur des évidences historiques qui doivent être confirmées par des autorités et peuvent être renforcées par des miracles.

1783, *Jérusalem*

Rites

Nous ne sommes pas d'accord sur la nécessité des lois rituelles. Quand bien même leur signification comme sorte d'écriture ou langue des signes aurait perdu son utilité, leur nécessité en tant que lien de rassemblement ne cesse pas et je pense que ce rassemblement lui-même se maintiendra dans le plan de la providence aussi longtemps que le polythéisme, l'anthropomorphisme et l'usurpation religieuse régneront sur la terre [...]. Et en quoi ce rassemblement doit-il consister ? En axiomes et en opinions ? Ils enchaînent la raison comme des articles de foi, des symboles et des formules. Donc en actions, donc en cérémonies. Notre effort ne doit en fait que tendre à supprimer l'abus répandu et attribuer aux cérémonies une signification véritable, authentique, rendre de nouveau l'Écriture, rendue incompréhensible par l'hypocrisie et la ruse de la prêtraille, lisible et intelligible.

22 septembre 1783,
« À Herz Homberg »

S

Sagesse

Le plus haut niveau de la sagesse est assurément de *faire le bien.* La spéculation est un niveau inférieur qui y conduit. Il faut l'avoir gravie pour arriver à ce but. Mais celui qui en reste à ce niveau ne remplit le but ultime de son existence qu'à moitié et doit être heureux de son sort d'avoir vu, dans son pèlerinage vers le bonheur, l'indicateur ou la borne. Béni soit celui à qui la providence octroie la *volonté* et la *puissance* pour répandre la moralité et l'amour fraternel parmi les humains par des *mots* et des *faits* pour combattre le préjugé aussi souvent qu'il est sur le chemin du bonheur de l'homme. Il a une vocation plus haute que l'homme qui ne peut que réfléchir et souhaiter être content de son sort de n'être qu'un *indicateur* et une *borne* sur le pèlerinage vers le bonheur.

22 septembre 1777,
« À Friedrich Wilhelm Baron von Ferber »

Séparation du politique et du religieux

Locke, qui vivait dans les mêmes époques pleines de troubles, essaya de protéger la liberté de conscience d'une autre manière. Dans ses *Lettres sur la tolérance*, il établissait la définition suivante : « Un État est une société d'hommes qui s'unissent afin de promouvoir ensemble leur bien-être temporel. » Il suit tout naturellement de cela que l'État n'a pas à se soucier des opinions des citoyens concernant leur bonheur éternel, mais à tolérer chacun qui se comporte bien civilement, c'est-à-dire qui ne s'oppose pas au bonheur temporel de ses citoyens. L'État comme État ne doit considérer aucune différence de religion ; en effet, la religion ne possède par elle-même aucune influence nécessaire sur le temporel et est en relation avec celui-ci seulement par le libre arbitre de l'homme.

1783, *Jérusalem*

Société savante

Une des raisons pour laquelle les sciences et les arts furent reçus si tard en Allemagne est sans doute le fait que les têtes bien remplies sont dispersées dans le pays et ne vivent pas ensemble dans quelques grandes villes comme en Angleterre et en France. [...] Nous avons ici des gens éminents sous tous les aspects ; mais je dois vous avouer la vérité : ils ne me semblent pas très communicatifs, autant qu'il le faudrait pour le bien du genre humain et la promotion de son bonheur.

1677, « À Johann Ulrich Pauli »

Pensez que 80, 90 % des savants sont dispersés en Allemagne, chacun avec son hypocondrie et son humeur, son égoïsme et son amour de soi et sa vanité, qui préfère se tailler un morceau de son habit du dimanche que couper une ligne de son manuscrit.

8 mais 1781, « À August Hennings »

Spéculation

Je sais que ma philosophie n'est plus au goût du jour. Elle est trop proche de l'école dans laquelle j'ai été formé et s'est peut-être trop accrochée à sa prééminence dans la première moitié de ce siècle. Toute forme de domination suscite une révolte. Le crédit de cette école a beaucoup diminué, et sa chute a entraîné celle de toute philosophie spéculative. Les meilleurs esprits de l'Allemagne parlent désormais avec mépris de la spéculation. On insiste constamment sur les faits, on ne s'attache qu'à l'évidence sensible, on rassemble les observations, on accumule les expériences et les expérimentations, en négligeant, trop peut-être, les principes. Enfin, l'esprit s'accoutume tellement à ce qu'il peut toucher de ses mains et à ce qu'il peut voir de ses yeux qu'il ne tient plus que cela pour réel. De l'attrait du matérialisme, qui menace de se généraliser, et, de l'autre côté, l'attrait du *délire* qui vient du désir de voir et de toucher ce qui par nature ne peut tomber sous le sens.

Chacun reconnaîtra que le mal est déjà trop avancé pour que l'on puisse faire tourner la roue dans l'autre sens et redonner de l'éclat à ce qui a été si longtemps foulé aux pieds. Je suis trop conscient, dans ma faiblesse, d'être incapable ne serait-ce que d'envisager d'opérer un tel renversement. Il y faut des forces supérieures aux miennes, aussi profondes que celle d'un Kant, qui reconstruira, je l'espère, avec autant d'esprit qu'il a détruit.

1785, *Heures matinales*

Shaftesbury, Anthony Ashley Cooper, Earl of[1]

J'ai commencé à traduire Shaftesbury. J'ai un grand plaisir à faire ce travail, malgré les difficultés, qui ne sont pas petites comme vous le savez. J'espère avancer assidûment cet hiver, si Dieu veut, et vous donner bientôt à juger la *Recherche sur la liberté de l'esprit et l'humour*. Je me suis décidé à conserver le mot de « raillerie ». Autant que je sache, nous n'avons pas de mot allemand qui s'applique parfaitement à ce concept. S'il m'était permis de revenir quelques siècles en arrière,

1. 1671-1713.

« taquinerie » serait peut-être le terme obvie qui pourrait se laisser employer.

3 novembre 1761, « À Thomas Abbt »

Shaftesbury était déjà de l'avis que la meilleure manière pour faire obstacle à la progression de l'enthousiasme et de la superstition était la raillerie et la fantaisie. Ce n'est pas le véritable *Aufklärung* quand les hommes, à cause de la crainte d'être moqués, cherchent à tenir secrètes leurs inepties. Ils revêtent ne serait-ce que le masque de la raison saine, l'utilisent même pour se moquer là où règne ce ton à la mode et n'en sont pas moins des enthousiastes qui débauchent et sont débauchés par leurs rêveries les plus secrètes. Le seul moyen de promouvoir l'*Aufklärung*, c'est l'*Aufklärung*.

19 août 1784, « *Votum* sur la conférence
de Gedike sur l'enthousiasme »

Spinozisme de Lessing

L'attachement de notre ami au spinozisme ne doit pas être une simple hypothèse que l'on s'invente pour disputer, comme le dit le patriarche de Nathan, le pour et le contre. M. Jacobi, homme doué d'une solide réputation dans la république des lettres, a affirmé publiquement que c'était là un fait avéré : Lessing aurait vraiment et effectivement été spinoziste. Les preuves en seraient contenues dans une correspondance entre lui, une tierce personne et moi-même qu'il a soumise à l'inquisition du public et qui rendrait le fait indubitable. [...]

Lessing a-t-il été spinoziste ? Jacobi a-t-il entendu cela de sa bouche ? Comment et dans quelle humeur étaient-ils tous les deux lorsque cette confidence survint entre eux ? Ces questions pouvaient rester en suspens jusqu'à ce que notre lecteur et nous-même ayons abordé le cœur du problème, à savoir sur ce qu'est ou n'est pas le spinozisme. C'est pourquoi je modifiai mon projet initial et décidai de réserver l'aimable autorisation de mon correspondant pour la partie suivante. Mais je constate qu'il a trouvé bon de me prendre de vitesse. Loin de tous les scrupules, il jeta la pomme de discorde dans le public et lança à la postérité cette accusation que notre ami Gotthold Ephraim Lessing, l'éditeur des *Fragments*, l'auteur de *Nathan*, le grand et fameux défenseur du théisme et de la religion rationnelle était spinoziste, athée et blasphémateur. [...] Convaincu du caractère erroné du spinozisme, ni la réputation de Lessing, ni celle de n'importe quel mortel ne peut me déconcerter le moins du monde. Cette nouvelle ne pouvait avoir d'influence sur mon amitié pour Lessing, de même que ne pouvait en souffrir mon opinion sur son caractère et son génie. *Lessing est un partisan de Spinoza ?* Et alors ? Qu'est-ce que les principes spéculatifs ont à voir avec l'homme ? Qui n'aurait été heureux d'avoir pour ami Spinoza lui-même, tout spinoziste qu'il ait été ? Qui aurait refusé de rendre justice au génie de Spinoza et à son caractère excellent ? Aussi longtemps que l'on n'accusait pas mon ami d'être en secret un blasphémateur, et partant aussi, un hypocrite, la nouvelle que Lessing a été spinoziste m'était assez indifférente. Je savais qu'il y avait aussi un spinozisme épuré qui, ainsi que je l'ai montré en détail dans les *Heures matinales*, s'accordait parfaitement avec tout ce que la religion et la morale ont de pratique. Je savais que ce spinozisme épuré pouvait très bien se concilier notamment avec le judaïsme et que Spinoza, en dépit de sa doctrine spéculative, aurait pu rester un Juif orthodoxe s'il n'avait pas contesté dans d'autres écrits le judaïsme authentique et ne s'était pas ainsi soustrait à la loi. La doctrine de Spinoza se rapprocherait manifestement beaucoup plus du judaïsme que la doctrine orthodoxe des chrétiens. Je pouvais donc aimer Lessing et être aimé de lui, lorsqu'il était encore un partisan d'Athanase, ou du moins lorsque je le tenais pour tel. Pourquoi ne l'aimerais-je pas davantage alors qu'il s'est rapproché du judaïsme et que je reconnais en lui un partisan du Juif Baruch Spinoza. L'appellation « Juif et spinoziste » ne pouvait être pour moi de loin aussi étonnante ni aussi fâcheuse qu'elle semblait l'être à M. Jacobi.

« Aux amis de Lessing »,
Le Crépuscule des Lumières

Suicide

Mais n'y a-t-il pas eu quelques malheureux qui se sont arraché la vie par désespoir ? Effroyable pensée ! J'oserais à peine y penser si l'expérience ne nous fournissait pas tant de tristes exemples, et même des exemples de gens qui semblent y être déterminés bien davantage par réflexion que par fureur. Je te l'avoue, Palémon[1], je n'ai jamais pu comprendre la possibilité de ce désespoir effréné, et ce depuis les quelques années où je vis sur cette terre. J'ai considéré la mort sous mille aspects différents, jamais elle ne s'est présentée à moi comme le but de vœux vers lequel nous devrions tendre. Peut-être dois-je cet amour pour la vie à mon tempérament. Un sang de jeunesse qui circule dans mes veines m'enjoint sans cesse à la gaîté et me rend précieux tous les moments que mon créateur m'accorde. La jeunesse ressemble à une belle matinée de printemps. Tout est plein de mouvement, un feu intense traverse tous les êtres et une personne éveillée ne se jette pas de propos délibéré dans les bras du sommeil. La nature travaille à encourager les créatures à la vie et à l'activité. Mais dès que la nuit étend son voile sombre, on voit que la plupart des hommes appellent avec angoisse le sommeil à l'aide. La conscience devient un fardeau insupportable. Ils souhaiteraient pour un temps ne pas sentir ce qu'ils sont, plutôt que de sentir le vide qui s'étend de la nature à leur âme ou, plus malheureux encore, de sentir les chagrins et l'inquiétude qui s'éveillent dans leur âme à l'approche de la nuit.

1755, Lettres sur les sentiments

1. Un des interlocuteurs du dialogue, l'autre étant Euphranor.

Symboles de foi

Le judaïsme actuel, exactement comme l'ancien, n'a pas de véritables symboles de foi. Très peu d'axiomes et de principes nous sont prescrits. Maïmonide en compte treize, Albo seulement trois et personne ne va le condamner pour cela. On nous prescrit des lois, des rites, des règles de vie et des actions. En ce qui concerne les dogmes, nous sommes libres. Là où les opinions des rabbins divergent, tout Juif, savant ou non, peut décider ceci ou cela, « Ceci comme cela sont les paroles du Dieu vivant » disent les rabbins (*Eroubin*, 13b), très sagement dans ces cas. Même si cette phrase est moquée par certains qui n'en voient pas le sens, comme si elle était contradictoire. Les chrétiens ne voient pas que beaucoup de sang humain aurait été épargné s'ils s'en étaient tenus à cette phrase. L'esprit du judaïsme est conformité dans les actes et liberté dans les dogmes ; à l'exception de quelques propositions fondamentales sur lesquelles se sont accordés tous les maîtres, sans lesquelles la religion juive, en elle-même, ne pourrait subsister.

11 juillet 1782, « À Joseph Wolf[1] »

1. 1762-1826 ; auteur de *Jüdische Relgionsstütze, oder Grundsätze der jüdischen Religion*, Dessau, 1782.

Système

Je n'ai pu me recommander d'aucun système, j'ai supposé des lecteurs qui ne sont pas métaphysiciens, mais qui possèdent du bon sens et qui veulent réfléchir ; je leur ai fait connaître dans le premier dialogue petit à petit des concepts métaphysiques. Le plus nécessaire était de rendre claire la loi de continuité et de montrer que la nature ne fait pas de saut.

1767, « À Raphaël Lévi »

T

Talmud

Vous jugez cette œuvre selon le concept commun que nous avons l'habitude de nous faire du Talmud et vous vous amusez déjà à l'avance des contes ineptes et des caricatures chantournées dont il est constitué. Je pense tout à fait autrement. Je ne peux pas me convaincre que les meilleures têtes d'un peuple (et il est certain que les Juifs ne manquent pas d'excellentes têtes) se sont occupées uniquement et seulement durant tant de siècles avec une œuvre constituée seulement de facéties insipides. Le zèle incroyable consacré à cette étude et la chaleur orientale avec laquelle je les ai vus se disputer sur certaines matières me semblent prouver qu'un génie pourrait trouver sa nourriture complète dans cette sorte de science. Ils s'enorgueillissent de conclure avec des règles très particulières dont ils se servent dans leur science. Ils évoquent tellement d'inventions grandes et riches de sens, ils partagent leurs rabbins en têtes érudites, subtiles et profondes. Et tous ces grands efforts ne devraient avoir aucun autre fondement que du bavardage insipide qui viendrait du Talmud ? J'avoue que je ne peux pas me faire un concept plus humiliant de la raison humaine. [...] Je connais le concept minable que les plus sages de votre peuple [chrétien] ont l'habitude de se faire de notre savoir ; et comme notre cause n'a jamais trouvé de défenseurs, chacun d'entre vous a pu s'imaginer ce qu'il voulait nous attribuer soit à cause d'ignorance soit à cause d'intentions peu louables. Combien de moquerie, de mépris injuste et de haine nationale ne sont pas venus à bout de ce préjugé malheureux ! Dieu a voulu qu'ils ne conduisent pas à des persécutions sanguinaires. Mais je veux vous épargner ainsi qu'à moi ces tristes souvenirs. Cela fut un malheur que nos savants ne se soient jamais occupés de ce qu'on écrivait à leur désavantage dans d'autres langues ; ils ne comprenaient pas les langues dans lesquelles ils auraient dû se défendre [...].

En fait, il ne contient rien de plus que des traités et des considérations fondamentales sur nos droits, notre culte et d'autres commandements de l'Ancien Testament.

1759, *Lettres sur la littérature la plus récente*

Théologie spéculative

Il y a en théologie une partie spéculative qui, je pense, peut être traitée avec toute la rigueur de la méthode scientifique. Là aussi, une notion peut être développée avec l'évidence de la mathématique pure et être ramenée à ses caractéristiques et à ses relations les plus simples. Mais elle pourra aussi valoir de façon conditionnelle pour une chose existant réellement. S'il existe un être nécessaire, il aura nécessairement telle ou telle propriété ; s'il existe une chose contingente, selon la définition que nous en avons donnée, elle ne saurait avoir en elle-même la raison de son existence. On va voir que tout cela, comme pour les propositions de la mathématique pure, ne va pas au-delà de la liaison et de la séparation des notions, de la décomposition et de l'analyse des caractéristiques, conformément à leur hiérarchie mutuelle ou à leur simple juxtaposition. Mais l'athée lui-même peut accepter toutes ces spéculations sans pour autant se convaincre de l'existence d'une divinité.

1785, *Heures matinales*

Tolérance[1]

Ce que vous écrivez sur les limites de la tolérance contre les intolérants, à propos du rabbin d'Altona, me semble très juste et mérite d'être généralisé. La question m'a préoccupé depuis toujours et m'a paru très difficile à trancher. Dans quelle mesure un État est-il obligé ou justifié de protéger et de tolérer civilement de tels hommes, dont on peut supposer qu'ils sont autoritaires et intolérants ? Comment auraient dû se conduire les Péruviens s'ils avaient connu le caractère des Espagnols et que ceux-ci les avaient rejoints afin de chercher un séjour libre ? L'humanité exigera de les accepter, mais la

1. Voir également l'entrée « Intolérance ».

sagesse et le devoir de l'autoconservation auraient rendu nécessaires certaines limitations qui, à mon avis, ne sont pas faciles à déterminer.

13 juillet 1779,
« À August Hennings »

Je remercie la providence de m'avoir, à la fin de mes jours, permis de vivre ce moment heureux où les droits humains commencent à être pris en compte dans leur véritable dimension. Jusqu'ici, si l'on parlait de tolérance et de respect de la justice entre les hommes, c'était toujours pour protéger les plus faibles, les plus opprimés au nom de la raison de l'humanité. La partie dominante ne se souciait en rien de la tolérance ou de la justice, ou elle invoquait l'expérience malheureusement trop courante que la partie la plus faible, partout où elle le peut, ne se conduit pas mieux ; cette partie dominante soupçonnait donc que l'on voulait seulement ainsi lui prendre le pouvoir, pour l'exercer à son tour de la même manière. On ne semble pas se rendre compte que ce soupçon ne peut que perpétuer la haine et la discorde entre les hommes, et que l'esprit de réconciliation, comme l'amour, exige que les forts fassent le premier pas, qu'ils renoncent à leur supériorité pour que les faibles les croient et adoptent une attitude correspondante. Si le but de la providence est que l'amour règne entre les hommes, le devoir des plus forts est de faire le premier pas, d'ouvrir les bras et de dire, comme Auguste, « Soyons amis » (Corneille, *Cinna*, acte V, scène 3). Mais ce que l'on a écrit jusqu'à présent sur la tolérance ne concernait que les trois religions reconnues dans l'empire romain [le Saint-Empire romain germanique], et tout au plus quelques-unes de leurs ramifications. On n'a pas du tout pris en compte les païens, les juifs, les mahométans, les apôtres de la religion naturelle, ou alors seulement pour pouvoir mieux contester les arguments en faveur de la tolérance. Selon vos principes, disent les adversaires de la tolérance, il nous faudrait non seulement accueillir et tolérer les juifs et les partisans de la religion naturelle, mais encore leur accorder tous les droits et les devoirs de l'humanité ; et les partisans de la tolérance ont eu beaucoup de mal à se sortir de cette difficulté.

1782, préface à la traduction allemande
de *Défense des Juifs*
de Manasse ben Israël

Torah

Je les ai lus, tous ces passages de l'Ancien Testament, sur quoi serait fondée la vérité de cette foi[1] ; je les ai lus dans leur contexte, attentivement et plus d'une fois. Combien affreusement misérable serait le destin des hommes, si le bonheur de l'ensemble de la race humaine dépendait de l'interprétation

1. « Pour quelle raison ce même philosophe [Moses Mendelssohn] rejette-t-il les preuves du christianisme que l'on trouve dans l'Ancien Testament lui-même et qui, au regard de la loi mosaïque, doivent être, elles aussi, acceptées comme étant d'inspiration divine ? » (Bonnet).

de passages obscurs, dans un livre écrit en des temps immémoriaux, dans une langue à présent morte, et pour un peuple d'Asie bien déterminé ! Je crois comprendre la langue [de la Bible] aussi bien qu'un texte moderne, n'importe lequel, car elle est en quelque sorte ma seconde langue maternelle. À mes yeux, ces passages ne comportent pas l'ombre d'une preuve. Serait-ce moi qui suis aveuglé par le préjugé, ou bien est-ce la faute du texte ? Les interprétations que les théologiens ont proposées [de ces passages] m'ont paru clairement fausses, en maints endroits très artificielles, très arbitraires partout ailleurs. Ce qui me console, c'est de voir que les exégètes contemporains abordant la Bible avec bon sens et philosophie ont renoncé à interpréter bien des passages qui tenaient lieu auparavant de preuve solide. Pour ma part, je préfère regarder ces querelles d'interprétation exégétique comme quelque jeu savant auquel moi-même j'aime quelquefois m'adonner. Mais que Dieu ait pitié de mon âme ! Il m'est impossible de déceler le principe de ma béatitude éternelle dans les rêves énigmatiques de Daniel, ni de le déduire du commentaire que je pourrais faire de la poésie majestueuse d'un prophète. Ces textes ont été écrits pour éveiller les cœurs et non pour instruire la raison.

1970,
« Au prince héritier Karl Wilhelm Ferdinand
de Braunschweig Wolfenbüttel »

Bien que ce livre divin que nous avons reçu par Moïse soit en réalité un code, contenant des ordonnances, des règles de vie et des prescriptions, il comprend toutefois, comme on le sait, un trésor sans fond de vérités de raison et de doctrines religieuses tellement étroitement liées aux lois qu'elles ne font qu'un avec elles. Toutes les lois se rapportent ou se fondent sur des vérités de raison éternelles ou rappellent et provoquent la réflexion sur celle-ci. [...] Parmi toutes les prescriptions et ordonnances de loi mosaïque, aucune ne dit : « Tu dois croire ! ou ne pas croire ! » Elles disent toutes : « Tu dois faire ou ne pas faire ! » On ne commande pas à la foi, car elle n'accepte aucun autre ordre que ceux qui lui viennent par la voie de la persuasion. Tous les commandements de la loi divine sont adressés à la volonté, à la force d'agir des hommes. Dans la langue originale, le terme que l'on traduit habituellement par « foi » signifie en réalité dans plusieurs passages « confiance », « abandon », « certitude confiante du don et de la promesse ».

1783, *Jérusalem*

Traduction

J'ai traduit l'Écriture non pas pour célébrer le travail de mes mains, ou pour me donner un nom dans mon pays, ou encore enterrer une hachette, mais pour le bénéfice de mes enfants dont Dieu m'a fait grâce. Le premier est mort pour ma détresse, et il m'est resté mon fils Josef (que Dieu le fortifie avec Sa Torah). J'ai mis la traduction allemande dans sa bouche afin qu'il puisse comprendre grâce à elle le sens simple de l'Écriture, jusqu'à ce qu'il grandisse et qu'il le comprenne lui-même.

25 mai 1779, « À Avigdor Levi »

Même le plus parfait des traducteurs ne peut donner à connaître l'intention du locuteur avec concision et précision sans addition, omission ou substitution. Quiconque pénètre les voies de diverses langues et leur très grande différence le sait. Les acceptions de mots, dans deux langues différentes, les mieux ajustées ne sont pas les mêmes du tout. La plupart (de ces acceptions) sont semblables dans le sens principal, essentiel, mais fort différentes dans le sens secondaire, incident. Par exemple, le mot *enoch* se dit en allemand *Mensch* ; ces deux mots sont similaires dans le sens essentiel : ils désignent un vivant parlant. Il y a cependant dans la langue sainte un sens incident au mot *enoch* qui est « le cœur est tortueux plus que tout, il est souffrant » (*Jér.* 17, 9), alors que *Mensch* n'a pas ce sens en allemand. Par suite, si traduisant de la langue sainte en allemand, l'on rend à chaque fois *enoch* par *Mensch*, on n'aura pas épuisé les sens de ce mot.

1783, « Introduction à la traduction
de la Bible »

Transmission

Dieu m'ayant gratifié d'enfants mâles, quand vint le temps de leur enseigner la Torah et de leur inculquer *les paroles du Dieu vivant* (*Jér.* 23, 36), je commençais de traduire les cinq parties du Pentateuque dans un allemand correct et fleuri, comme il est parlé de nos jours, au profit des jeunes enfants. J'ai mis dans leur bouche la traduction accompagnée d'une étude du texte lui-même, tantôt mot à mot, tantôt d'après le sens et le contexte, pour les initier aux desseins de l'Écriture, aux tournures de style et à la pureté de ses leçons, jusqu'à ce que, ayant grandi, ils comprennent par eux-mêmes. Et voici que la providence a mis sur mon chemin R. Salomon de Doubno pour instruire l'unique fils qui me restait alors (que Dieu lui donne la force de le servir et de le craindre !) une heure par jour pour l'étude de la grammaire. Lorsque le rabbin lut la traduction de la Bible que j'avais faite, *elle trouva grâce à ses yeux*, il l'approuva. Il me demanda alors l'autorisation de l'imprimer au profit des élèves auxquels Dieu aurait donné de *comprendre l'allégorie et l'expression* (*Prov.* 1, 6). Je lui donnais mon accord, à condition qu'il prît garde à noter tous les endroits où, dans ma traduction, j'avais opté pour l'opinion d'un des anciens exégètes, soit au contraire où je m'écartais de toute opinion connue pour prendre une autre voie, plus en accord selon moi avec les règles de la langue, du contexte ou des principes de l'accentuation. Sur tous ces points il devrait bien réfléchir, en discuter avec moi et tout consigner dans un livre en guise de commentaire des versets, dans une langue facile d'accès à tout lecteur. Je lui promis encore solennellement de l'aider dans la composition et la rédaction de ce *Be'ur* [commentaire], autant que je pourrais. Je lui posai une autre condition : qu'il associe mon frère Saul au travail d'impression et de correction et qu'ils partagent le salaire de leur labeur, en sus de la récompense réservée à *ceux qui font ce qui est droit et bon aux yeux de Dieu*, pour *faire grandir la Torah et la magnifier* (*Is*. 42, 21), pour éloigner le cœur des enfants de la maison d'Israël, des traductions dont ils se contentaient jusqu'alors. Dieu m'est témoin que je n'avais pas pensé d'abord ni même espérer tirer profit d'argent, ni [gagner] les honneurs par ce travail, ni me faire un nom ; c'est le rabbin qui me l'avait demandé, afin que le nombre augmentât des personnes désireuses de [la voir paraître] et prêtes à payer de leur poche : car les dépenses de l'impression étaient très élevées, et il ne pouvait les assumer seul à moins que des gens de ma confession ne fussent assez généreux pour apposer leur signature et l'aider.

1783, « Introduction
à la traduction de la Bible »

U

Usage de la raison

Ce que M. Kant appelle « usage public » et « usage privé de la raison » semble une expression étrange. Si je le comprends bien, il différencie simplement entre les *tâches professionnelles* et *extraprofessionnelles.* Les tâches professionnelles sont les travaux requis par la société. En ce qui les concerne, je dois me soumettre à la majorité des voix sinon, ainsi que M. Klein[1] l'a remarqué, j'imposerai une atteinte à la liberté d'autrui et ma raison forcera les autres [...]. Les *tâches extraprofessionnelles* concernent celles dans lesquelles on doit laisser liberté et libre arbitre à chaque citoyen dès que la nation se trouve dans l'état d'*Aufklärung*. Cette liberté en matière de tâches extraprofessionnelles, Kant la nomme « usage public de la raison ». D'après ce que je vois, il ne

1. Ernst Ferdinand Klein (1744-1810), juriste prussien coauteur du célèbre *Allgemeines Landrecht*

veut pas la limiter à la liberté de la presse et de l'écrivain, mais souhaite bien accorder à chaque enseignant la liberté de combattre les préjugés et de répandre la vérité dès qu'il n'est plus en fonction.

1785, « Avis sur le volume *Usage privé et usage public de la raison* »

V

Vérités

On appelle « vérités éternelles » les propositions qui ne sont pas soumises au temps et qui demeurent identiques dans l'éternité. Elles sont soit *nécessaires*, en elles-mêmes *immuables*, soit *contingentes*, c'est-à-dire que leur consistance se fonde soit sur leur *essence* - elles sont vraies comme cela et pas autrement, car elles sont *pensables* comme ceci et non autrement -, soit sur leur *réalité*. [...]

Outre ces vérités éternelles, il existe des vérités temporelles, des vérités historiques ; des choses qui sont arrivées une fois et qui peut-être ne reviendront plus jamais ; des propositions qui se sont vérifiées dans un moment du temps et de l'espace grâce à une convergence de causes et d'effets et qui, de ce point du temps et de l'espace exclusivement, peuvent être pensées comme vraies. Toutes les vérités de l'histoire, prises dans leur plus grande ampleur, sont de ce genre ; ainsi des choses qui se sont passées jadis en des temps antérieurs et nous ont été racontées, mais que nous ne pouvons nous-mêmes jamais percevoir.

1783, Jérusalem

Vérités métaphysiques

J'ose affirmer que les vérités métaphysiques sont susceptibles de la même certitude que les vérités géométriques, mais qu'elles ne sont pas aussi compréhensibles. Cela signifie que l'on peut faire remonter les vérités les plus élevées de la métaphysique, au moyen d'inférences rigoureuses, à des principes qui sont de leur nature tout aussi incontestables que les premiers principes et les postulats de la géométrie, mais que l'on ne peut pas rendre ces raisonnements aussi manifestes, aussi compréhensibles que les vérités géométriques.

1764, *Traité sur l'évidence dans les sciences métaphysiques*

Voltaire

Le *Dictionnaire philosophique* doit être réimprimé ici. Le vieil homme a une réserve de moqueries qu'il habille soit en romans, soit en odes, soit en traités philosophiques. Une farce *Saul et David* est également de sa plume. La chose la plus folle du monde. Ces gens vont vraiment trop loin. Par leur licence ils ont converti de bons sentiments à la superstition et ainsi compromis leur propre cause. Je puis le dire de ma propre expérience, dans un cas où la religion n'a rien à voir. Je préfère dix fois être amicalement traité de fantasque et d'enthousiaste que d'accepter les froids sentiments mortifères qu'Helvétius en tire. Ces messieurs les encyclopédistes ont renforcé certains préjugés dans la mesure où ils n'ont pas épargné la vérité qui s'y attache. Shaftesbury et Rousseau sont avec leur religion naturelle et leur sainte théorie morale bien plus dangereux pour la religion révélée. Ils détournent d'elles les âmes les plus nobles.

16 février 1765, « À Thomas Abbt »

Vrai judaïsme

Selon les concepts du vrai judaïsme, tous les habitants de la terre sont appelés à la félicité ; et les moyens pour l'obtenir sont aussi répandus que l'humanité elle-même, administrés avec la même clémence que les moyens pour se mettre à l'abri de la faim et d'autres besoins naturels.

1783, *Jérusalem*

W

Wolff, Christian[1]

Je me réjouis de trouver un philosophe en Allemagne qui n'ait pas honte d'être un wolffien. Je dois aux écrits de ce philosophe ma formation première ; c'est la raison pour laquelle je conserve toujours une sorte de préférence et me ferai un plaisir de sauver tout ce qui coule de sa plume.

26 avril 1785, « À Johann Christoph Schwab »

1. 1679-1754.

Y

Yiddish

Je verrais d'un très mauvais œil si, à cause de la seconde proposition problématique de M. Fränkel[1], le dialecte judéo-allemand et le mélange d'hébreu et d'allemand étaient avalisés par la législation. Je crains que ce jargon n'ait pas peu contribué à l'immoralité de l'homme du commun ; et je promets un très bon effet de l'utilisation qui commence parmi mes frères de la pure langue allemande. Cela me blesserait si les lois nationales elles-mêmes parlaient pour ainsi dire les deux langues avec ce mauvais usage.

Il vaudrait mieux que M. Fränkel se donne le mal de formuler son *avertissement* en hébreu pur afin qu'on puisse le lire selon la nature des situations du pur allemand, ou du pur hébreu, ou aussi dans les deux langues. Seulement pas de mélanges des langues.

21 août 1782, « À Klein »

1. Jonas Fränkel (1721-1793), rabbin provincial de Breslau.

Biographie

6 septembre 1729 : naissance à Dessau, dans le duché d'Anhalt[1].
1735 : école talmudique
1742 : lecture du *Guide des égarés*, de Maïmonide.
1743 : le rabbin David Fränkel (1707-1762) devient Grand Rabbin de Berlin, suivi par son élève Moses Mendelssohn.
1749 : publication du livre de Gotthold Ephraim Lessing, *Les Juifs*.
1750 : précepteur chez le soyer Isaak Bernhard.
1753, début de l'amitié avec Lessing.
1754 : Mendelssohn est comptable chez Isaac Bernhard, et rédige avec Lessing *Pope, un métaphysicien ?*
1755 : publication des *Dialogues métaphysiques. Lettres sur les sentiments*. Membre des sociétés berlinoises Maison du café et Société du lundi.

1. Une source semble indiquer le 17 août 1728.

1757-1759 : collabore à la revue *Bibliothek der schönen Wissenschaften und freyen Künste.*
1759-1763 : collabore aux *Briefe die neues Literatur betreffend.*
1761 : commentaire de la *Logique* de Maïmonide.
1762 : autorisation de séjour et de mariage.
1763 : privilège « extraordinaire » de résidence ; premier prix de la section de philosophie de l'Académie royale des Sciences et des Belles-Lettres.
1764 : publication de *L'Évidence dans les sciences métaphysiques.*
1765/1784 : collabore à *Allgemeine deutsche Bibliothek.*
1767 : publication de *Phédon, ou sur l'immortalité de l'âme.*
1769 : proposition de conversion au christianisme par Johann Kaspar Lavater.
1771 : élection non confirmée par Frédéric II de son élection à l'Académie de Berlin.
1777 : rencontre avec Kant à Königsberg.
1779 : Lessing publie *Nathan le Sage.*
1781 : associé à la soierie Bernhard. Parution du premier volume de la traduction de la Bible.
1782 : début de la polémique sur le panthéisme et le prétendu spinozisme de Lessing.
1783 : *Livre des sentiers de la paix*, cinq volumes de la traduction et du commentaire de la Bible. Parution de *Jérusalem, ou Pouvoir religieux et judaïsme*. Collabore à la *Berlinische Monatsschrift*.
1785 : *Heures matinales, leçons sur l'existence de Dieu.* Achève l'ouvrage *Aux amis de Lessing.*
Décès le 4 janvier 1786.

Famille de Moses Mendelssohn[1]

Mariage le 26 juin 1762 avec Fromet Gugenheim (1737-1812).

Sara, 29 mai 1763 - 15 avril 1764
Brendel (Dorothea), 24 octobre 1764 - 3 août 1839
Chayim, 19 février 1766 - 3 avril 1766
Recha, 18 juillet 1767 - 20 septembre 1775
Abraham, 28 janvier 1769 - 20 septembre 1775
Joseph, 11 août 1770 - 24 novembre 1848
Henriette, 27 août 1775 - 9 novembre 1831
Abraham, 19 décembre 1776 - 19 novembre 1835
Sisa, 8 juin 1778 - 15 septembre 1778
Nathan, 7 janvier 1782 - 9 janvier 1852

1. On possède aujourd'hui, grâce au regretté Hans-Günter Klein, un arbre généalogique jusqu'à nos jours, disponible en format numérique.

Sources et bibliographies

Les œuvres complètes de Moses Mendelssohn, *Jubiläumsausgabe* (noté *Jub.A.*), sont publiées depuis 1972 par les éditions Friedrich Frommann Günther Holzboog (Stuttgart-Bad Cannstatt), qui ont repris les premiers volumes édités par l'Académie pour la science du judaïsme et la Société pour la promotion de la science juive, avec le soutien de la maison Mendelssohn (Berlin-Breslau, 1929-1938), sous la direction des maîtres de la science du judaïsme du temps Ismar Elbogen, Julius Guttmann, Eugen Mittwoch ; les jeunes éditeurs des premiers tomes, Fritz Bamberger, Haim Borodianski, Simon Rawidowicz, Bruno Strauss, Leo Strauss, se feront rapidement un nom dans la discipline. C'est Alexander Altmann qui reprendra le chantier à partir de 1971, avec Eva Engel et Daniel Krochmalnik. L'édition s'est achevée en 2024 ; elle compte près de trente volumes. Une édition des *Papiers commerciaux* a été préparée par Eva Engel (Wiesbaden, Harassowitz, 2009).

Voir aussi *Moses Mendelssohn's Hebrew Writings*, traduit, introduit et annoté par Edward Breuer et David Sorkin (New Haven-London, Yale University Press, 2018).

L'excellente édition publiée sous la direction de Christoph Schulte, *Ausgewählte Werke* (Darmstadt, WBG 2009, rééd. 2012), en deux volumes, offre toutes les garanties scientifiques. Il existe désormais des éditions de poche des textes centraux (traduction de Rousseau, *Phédon*, *Morgenstunden*, *Jérusalem*).

Un choix de lettres est disponible dans *Einsichten. Ausgewählte Briefe von Moses Mendelssohn*, (Eva J. Engel, Dessau, 2004).

La très grande partie des archives Mendelssohn est conservée à Berlin (voir Hans-Günter Klein, *Das Mendelssohn-Archiv der Staatsbibliothek zu Berlin*, 2003) et détaillée dans :

- *Mémoires autobiographiques de Charles Bonnet de Genève*, réédition de Raymond Savioz, Paris, Vrin, 1948, parfois modifiée en contrôlant avec l'édition critique (*Jub.A.*vol. 7). Cité *Mémoires*.
- *Jérusalem, ou Pouvoir religieux et Judaïsme*, traduction de Dominique Bourel, préface d'Emmanuel Levinas, Paris, Les Presses d'Aujourd'hui, 1982, rééd. Gallimard, « Tel », 2007.
- *Phédon, ou Entretien sur l'immortalité de l'âme*, traduction de Georges-Adam Junker, Amsterdam, 1773, réédité avec une introduction par Gil Rivière-Wekstein, préface de Lyndon LaRouche, Paris, Alcuin, 2000.
- « Que signifie éclairer ? », traduit et introduit par Gérard Raulet, dans *Aufklärung. Les Lumières allemandes*, Paris, Flammarion, 1995.

– *Le Crépuscule des Lumières. Les documents de la querelle du panthéisme 1780-1789*, traduction de Pierre-Henri Tavoillot, Paris, Le Cerf, 1995.
– Jean Lederman, *La Philosophie des Lumières dans l'exégèse de Moses Mendelssohn*, Paris, Honoré Champion 2013.
– Nicolas Rialland, *La Correspondance sur la tragédie entre Lessing, Mendelssohn et Nicolai. Contribution à la genèse de l'esthétique allemande*, thèse de doctorat à l'université Paris-Sorbonne, 2013, à paraître. Cité *La Correspondance.*
– *Écrits juifs*, traduits de l'allemand et de l'hébreu par Johannes Honigmann et René Lévy, Lagrasse, Verdier, 2018
– *Heures matinales. Leçons sur l'existence de Dieu*, traduction et présentation par Olivier Sedeyn, Paris, PUF, 2022.
– Préface à la traduction allemande de la *Défense des Juifs* de Manasse ben Israël, traduction d'Olivier Sedeyn, à paraître.
– *Traité sur l'évidence dans les sciences métaphysiques*, traduction d'Olivier Sedeyn, à paraître. Je le remercie d'avoir mis ses deux traductions à ma disposition avant la publication.

En règle générale nous avons suivi le plus souvent possible les traductions existantes.

Les études en français les plus importantes sont :

Jean-Paul Meier, *L'Esthétique de Moses Mendelssohn (1729-1786)*, Atelier de reproduction des thèses, Université de Lille-III ; Paris, Honoré Champion, 1978, 2 volumes.

Pierre-Henri Tavoillot, *Le Crépuscule des Lumières*, Paris, Cerf, 1995.

Maurice R. Hayoun, *Moïse Mendelssohn*, Paris, PUF, 1997.

Dominique Bourel, *Moses Mendelssohn. La naissance du judaïsme moderne*, Paris, Gallimard, 2004.

Jean Lederman, *La Philosophie des Lumières dans l'exégèse de Moses Mendelssohn*, Paris, Honoré Champion, 2013.

Elie Schönfeld, *L'Apologie de Mendelssohn*, Lagrasse, Verdier, 2018.

Liste des œuvres cités

Table

Du même auteur

De Königsberg à Paris. La réception de Kant en France (1788-1804), avec François Azouvi, Vrin, 1991.

Moses Mendelssohn. La naissance du judaïsme moderne, Gallimard, 2004.

Martin Buber. Sentinelle de l'humanité, Albin Michel, 2015.

Composition et mise en pages
Nord Compo à Villeneuve-d'Ascq

PEFC
10-31-3532
Certifié PEFC
Ce produit est issu de forêts gérées durablement, de sources recyclées et contrôlées
www.pefc-france.org

Imprimé en France sur papiers
issus de forêts gérées durablement

Sepec Numérique

1, rue de Prony - ZA des Bruyères
01960 Péronnas

IMPRIM'VERT®

Achevé d'imprimer en octobre 2025
Numéro d'impression : N17932250917